DONKERE DAGEN

Eerder verschenen in deze reeks:

De dag van de nieuwe haring
Het leed dat liefde heet
Het verdwenen kruispunt
Een plek onder de zon
Schitterend blauw
Haagse bluf
Plat du Jour
Vader en dochters
Liefde, seks & regen
De kleine keizer
Tout va bien

Martin Bril

Donkere dagen

Nieuwe berichten uit het land

2008 Prometheus Amsterdam

Omslagontwerp Hugo Zwolsman
Foto omslag Werry Crone
Foto auteur Anneke Stehouwer
www.uitgeverijprometheus.nl
www.martinbril.nl
ISBN 978 90 446 1294 3

‘A mind lively and at ease with itself is content to look at nothing and that nothing will always answer back.’

JANE AUSTEN

Blues

Het is 4 uur en 47 minuten. Op de radio: *Wakker op de Weg*. Ik ben nergens naar op weg. Het hammondorgel van Hans Vermeulen klinkt, daarna de stem van de presentator. 'Dat was The Sandy Coast, een van oorsprong Haags shufflebandje dat later grote hits zou scoren.'

Inderdaad.

Vijf uur, nieuws. Maar eerst nog even de Rabo Welkomstassistent, whatever that may be. Reclame. Buiten is het daglicht al voorzichtig bezig de duisternis te verdrijven. Daar kan eigenlijk geen nieuws tegenop, maar toch doet het ANP z'n best. Aan het einde van deze eeuw zal het in Nederland gemiddeld veertig graden Celsius zijn. Als dát geen nieuws is, wat is dan wél nieuws?

We leven nu in 2008 en volgens het KNMI wordt het vandaag 19 graden en een natte dag. Nog 92 jaar wachten, of laten we het korter houden: nog 51 jaartjes wachten; dan is het in Nederland gemiddeld een graadje of 28, schat ik zo, toch?

Lekker. Kan niet beter.

Bovendien; over 52 jaar word ik 100 en voor geen goud wil ik dat moment missen dat de stadsdeelvoorzitter, de directrice van het zorgcentrum (zo'n vrouw met een rode, gefiguurzaagde bril) en de fotograaf van het huis-aan-huisblad zich met een enorme slagroomtaart in mijn kamertje vervoegen. Hopelijk kan er ook nog een lintje vanaf.

Na het nieuws: de 'Shaffy-Cantate', 'door twee unieke artiesten, twee unieke Nederlandse sterren, die nog steeds van zich doen spreken, Ramses Shaffy en Liesbeth List'. Ik was het vergeten, maar nu het voorbijkomt, weet ik het weer: erger muziekstuk dan dit is er niet.

'Lalalalalalalala.'

Je zou van de weeromstuit 'Aus der Tiefe ruf Ich Herr zu Dir' opzetten, een echte cantate, en nog mijn favoriete ook. Dat zal ze leren, die stumpers van de radio; ze draaien nu nota bene een 'stukje goed in het gehoor liggende jazz' van de technicus van dienst, ene Jochem. Zulke mannen heten altijd Jochem: lekker thuis op zolder klooien met GarageBand, en voor je het weet voelen ze zich de nieuwe Herbie Hancock.

Het is dat de vogels buiten nu ook op gang komen, en hier en daar in het ochtendgrauw een snippertje blauw valt te ontwaren, anders zou je alle moed laten varen; eens kijken wat er dan gebeurt.

'We hebben allemaal,' zo klinkt het uit de radio, 'een lichtje in onze ziel. Bij sommigen brandt het zwak, bij anderen...' Ik heb de tegenwoordigheid van geest de radio onmiddellijk tot zwijgen te brengen. Als de Here Jezus om de hoek komt kijken, en dat doet hij steeds vaker, kun je niet alert genoeg zijn. Geen woord van die knakker komt hier binnen.

Overigens: als bij sommigen van ons het lampje een beetje brandt, wat doet het dan bij anderen? Loeien? Overuren maken? De ziel verteren? Rondzwaaien als de bundel van een vuurtoren? Zoeken naar een zondige die tot bekering kan worden gebracht?

Met die vraag (een antwoord zal niet volgen) sta ik enkele minuten later op straat. Het loopt tegen halfzes. Ik rek mij omstandig uit, als een kampeerder in eigen land die zojuist uit zijn tent is gekropen en nu de gang naar de toiletten begint. Ik kijk naar de lucht die weinig goeds belooft. In de verte hoor ik de brommer van de krantenbezorger. Een voorzichtige blues welt in mij op, de herfst ligt om de hoek. Nog een paar dagen, misschien een week, en dan zullen de kastanjes oranje gaan kleuren.

Dat is mooi, maar daarna gaan de bladeren vallen, en voor je het weet steken er novemberstormen op en zijn de donkere dagen een feit.

School

De boeken waren gekaft, de roosters in de nieuwe agenda's geschreven, de nieuwe tassen stonden klaar, de banden van de fietsen waren opgepompt, de wekkers stonden op scherp, de sinaasappelpers was op orde gebracht, ja, school kon beginnen. De eerste feestdag na de zomer.

Eén minpuntje.

Tijdens het bestuderen van de roosters bleken beide dochters een van hun favoriete leraren te hebben verloren; meneer Hamers, aardrijkskunde. Hij schijnt ook een voornaam te hebben, zoals de andere leraren, maar zijn leerlingen geven toch de voorkeur aan meneer. Dat zegt wel wat, als de jeugd je niet wil tutoyeren en je toch een goede leraar vindt – dan bén je ook een goeie.

Meneer Hamers.

Perfecte voornaam trouwens, Meneer.

Ik ken hem niet, meneer Hamers, maar deze zomer reisde hij toch met ons mee, want af en toe kwamen we ergens langs en dan debiteerde een van de dochters achteloos een stukje kennis over de omgeving, over het verband tussen verstedelijking en milieuverontreiniging, over de vergrijzing van het Spaanse platteland, dat soort dingen, en als je dan vroeg hoe ze dat wisten, zeiden ze: 'O, van meneer Hamers.'

Zo hoort het.

Zelf had ik aardrijkskunde van een leraar die Zuurbier heette. Meneer zeiden wij er niet bij, en een voornaam had hij niet. Zuurbier was gewoon Zuurbier – een angstaanjagende man die desondanks voortreffelijk aardrijkskunde gaf; ik heb er in elk geval een levenslange liefde voor atlassen, landkaarten en bodemgesteldheden aan overgehouden en nog vaak denk ik aan hem, zoals ik ook vaak aan professor Arnold Heertje denk, wiens schoolboek *Kern van de economie, deel 1* mij nog steeds achtervolgt.

De voorbereidingen waren dus goed getroffen, en wij ouders zaten stipt op tijd naast de radio met Rob Trip te wachten tot het kroost klaar was met de kapsels, de make-up en – uiteraard – de juiste uitmonstering voor deze grote dag. Toen ze uiteindelijk de keuken binnenkwamen, met nog tien minuten voor de schoolbel ging, was wat mij betreft het momentum helemaal verstreken, maar mevrouw Bril merkte snedig op dat het niet om mij ging, vandaag, maar om de meiden, en dat dat trouwens in zijn algemeenheid voor heel de opvoeding gold. Daar had ik niet van terug.

Even later stonden we op straat.

Een nieuw moment was daar, het uitzwaaien. Niet dat mijn pubers, dertien en vijftien, het op prijs stellen door hun vader in kamerjas en moeder in trainingsbroek te worden uitgezwaaid, maar ik vind het een mooie gewoonte, en bovendien is het leuk ze een beetje te pesten, ik bedoel: dat schept een band, want zij pesten hun vader ook, onder andere door hem voortdurend op zijn walrusachtige gestalte te wijzen.

Om ze toch een beetje lekker op gang te helpen, haalde

ik de fietsen van het slot, maar dat ging de dames niet vlot genoeg, dus het werd toch nog schelden. Aan de overkant hing de buurvrouw genietend uit het raam.

Toen vertrokken ze.

Het is makkelijk om er lullig over te doen, en het zal ook wel sentimenteel zijn, maar er gaat toch altijd weer iets door me heen als ik ze de straat uit zie fietsen. Ze hoeven maar een kort eindje te rijden, gelukkig, en dan slaan ze al rechts af en zijn ze uit beeld.

Vader slaat dan de arm om moeder heen, en samen kijken ze dan nog even naar de lege straathoek. Net waren de kids er nog, en nu zijn ze weg.

Zuipkeet

Om zich een grondig, door de werkelijkheid geschraagd beeld van het alcoholgebruik onder jongeren te vormen, bezocht minister Rouvoet een zuipkeet in de Friese gemeente Acktkarspelen.

Hij trof in de keet zes zenuwachtige jongens: Gerben, Sytze, Jan, Meindert, Durk en Geert. De minister gaf de jongens een hand en nam plaats op een gammele keukenstoel onder een poster van een Suzuki-motorfiets. ‘Zo, jongens,’ zei hij, ‘wat een mooie keet hebben jullie.’

Gerben, Sytze, Jan, Geert, Durk en Meindert knikten. Ze hadden inderdaad een mooie keet. En helemaal omdat ze hem zo keurig op hadden geruimd omdat de minister kwam. Alle lege flessen hadden ze naar de glasbak in het dorp gebracht en de naaktfoto’s waren van het prikbord verwijderd. Gerben had van zijn moeder de Senseo-machine geleend en zette nu voor iedereen koffie. Sytze vond hem daarom een homo. Wie zette er nou koffie in een zuipkeet?

‘Wat doen jullie hier nou allemaal?’ informeerde de minister. Hij wist het antwoord, zuipen, maar hij was toch best benieuwd hoe de jongens het zelf zagen.

'Nou, gewoon,' begon Durk, en toen viel hij stil. Durk was niet zo'n prater als hij niets had gedronken.

'Nou euh, een beetje hangen,' zei Meindert, die door zijn vrienden 'De Zak' werd genoemd omdat hij altijd onderuitgezakt aan zijn ballen zat te krabben. Nu zat hij rechtop, en met de handen gevouwen op tafel. Hij kwam uit een heel christelijk gezin.

'En praten,' vulde Geert aan.

'Waarover?' vroeg de minister gretig.

'Nou euh, over euh, alles,' meldde Meindert naar waarheid. Ze hadden het vaak over meiden. En auto's. Over voetbal. En weer over meiden. Geen van allen hadden ze verkering.

'Jongens,' kwam Rouvoet ter zake, 'hoeveel drinken jullie nou als jullie hier zijn?'

'Euh, nou, euh, een paar pilsjes,' zei Sytze. Zijn persoonlijk record stond op vijf kratten en zeven pijpjes, op één middag, en met twee keer pissen.

'En wat is een paar?' vroeg de minister. 'Drie, vijf, acht?'

'Drie,' loog Meindert meteen, 'soms vier.' Zijn grootste klapper was een liter Berenburg en anderhalve krat, op dezelfde middag dat Durk zijn record van acht kratten min twee pijpjes had aangescherpt tot acht kratten min één pijpje.

'Vier?' boorde de minister verder. 'Dat geloof ik niet, jongens. Jullie drinken meer. Het heet hier niet voor niets zuipkeet. Toen ik zo oud was als jullie dronk ik wel eens twaalf flesjes op een feestje.'

Wat een homo, dachten Sytze, Geert, Meindert, Durk, Gerben en Jan als één man. Twaalf flesjes. Daar kwamen zij hun bed niet eens voor uit. Een half krat. Ongelofelijk.

'Maar goed,' gooide de minister het over een andere

boeg, 'weten jullie ook waarom jullie drinken?'

'Natuurlijk,' zei Jan, 'voor de gezelligheid.' De andere jongens knikten. Als Jan het zei, was het zo. Hij stond in de competitie bovenaan met negen kratten op de nuchtere maag, en daarna een halve liter Baileys om bij te komen.

Minister Rouvoet keek de jongens beurtelings streng aan. 'Weten jullie hoe gevaarlijk alcohol is, wat het allemaal met je gezondheid kan doen? Het is toch ook gezellig om met elkaar een colaatje te drinken?' Hij tastte naar zijn aktetas en haalde er een paar brochures en flyers uit. 'Kennen jullie de Here Jezus?'

Durk, Meindert, Geert, Jan, Gerben en Sytze namen één voor één de lectuur ter hand die de minister naar hen uitstak. Wat moesten ze anders? Nog even en meneer Rouvoet zou weer weg zijn. Tot die tijd wilden ze best even naar zijn folders kijken. Daarna gingen ze het geweldig op een zuipen zetten in hun zuipkeet.

Gelukkig

Het gaat weer goed met Nederland! We verdienen wat minder dan vroeger, maar we zijn gelukkig, ja zelfs zéér gelukkig. Hè hè, dat werd tijd. Maar mooi dat de onderzoekers van het Sociaal en Cultureel Planbureau ook deze keer niet bij mij aan de deur zijn geweest. Bij u wel?

Zéér gelukkig.

Dat is een antwoord dat je moet wantrouwen, vind ik. Gelukkig: oké. Tevreden: nog beter, ware het niet dat het een beetje suf en burgerlijk klinkt. Matig tevreden, geen mening, ontevreden, ongelukkig, zeer ongelukkig. Dat zijn ook antwoorden die niet helemaal lekker klinken, maar waar nog wel wat waarheid in door kan schemeren. Zéér gelukkig steekt hoe dan ook zeer leugenachtig bij alle andere antwoorden af.

Zéér gelukkig.

Ik zou het niet durven in te vullen als ze met een enquête op de stoep stonden. Of ik zou net de Postcodekanjer moeten hebben gewonnen. Maar goed, andere mensen zitten er dus niet mee. Die laten het breed hangen, zéér gelukkig als ze zijn. De buren een poepie laten ruiken, dat is het volgens mij. Ik zéér gelukkig, jij alleen maar gelukkig, baas boven baas.

We leven in een krankzinnig land. Ik kan me niet voorstellen dat elders ter wereld ook zoiets als ovulatieverlof bestaat. Vrij nemen (en krijgen van de baas, de KLM) om het vrouwtje te kunnen bevruchten. En stel dat het niet lukt, wat dan? Nog meer vrije dagen om het te proberen? Een cursus aangeboden door de werkgever? Probeer eens een ander standje, omhoog met die benen en laat het zaad goed indalen, dat wil wel eens helpen.

Het moet niet gekker worden, maar dat wordt het altijd wel, in het zéér gelukkige Nederland. Een minister die de ramadan opent – waar zie je dat buiten de islamitische wereld? Alleen in Nederland. Hoeveel moslims zijn hier nu helemaal, en waarom vinden we ze zielig?

Dan inbreiding.

Uitbreiding kennen we allemaal. Inbreiding is hetzelfde, alleen binnen de bestaande bebouwde kom. Dorpen en steden mogen niet meer uit hun voegen groeien, het buitengebied in (daar moeten varkensflats komen), ze moeten open ruimte in de bebouwde kom gebruiken voor nieuwe woningen en kantoren. Dat is inbreiden. Het is een woord dat aan breien doet denken, die oer-Hollandse bezigheid die iets beklemmends heeft, al gaat er ook een hoop rust en huiselijkheid uit van het tikken der pennen.

Het is overigens niet moeilijk om een ambtenaar bij de inbreiding te denken. 's Avonds komt hij thuis en na een uur of wat valt het zijn vrouw eindelijk op dat hij zo goedgemutst is.

'Wat is er met jou?' vraagt ze.

'O, niks,' liegt hij.

'Jawel, vertel op, ik zie het aan je.'

'Ik heb een nieuw woord bedacht.'

'Een nieuw woord? Jij? Je hebt nog nooit iets bedacht.'

'Nou moe.'

'Sorry, schat, ik moet ongesteld worden. Wat voor woord?'

'Inbreiding. Zoiets als uitbreiding, maar dan anders.'

'Goh, knap, joh.'

En meneer trekt zich teleurgesteld en bitter terug op zijn hobbyzolder om eens lekker over het internet te surfen. Zéér gelukkig is hij helemaal niet vanavond, maar niemand komt hem ook vragen hoe hij zich voelt, nou ja, zijn vrouw; tegen tienen komt ze met een blikje bier voor hem en een glaasje witte wijn voor zichzelf, haar onlangs bij Christine le Duc gekochte *smart balls* ingebracht, de zolder op geslopen om het goed te maken.

Nederland – zéér gelukkig.

Poepen

‘Hoe lang ben jij nog thuis?’ vroeg mijn vrouw. Ze had haar jas aan, de hond aan de riem en buiten scheen de zon. ‘Nog een uurtje of zo,’ antwoordde ik vanachter de computer. Ik zat het laatste nieuws over Amy Winehouse en Britney Spears te lezen en daarna moest ik op pad. ‘Hoezo?’

‘Nou, Rob komt even langs voor de wasmachine.’ Rob is onze loodgieter. Je zou, op basis van die voornaam, kunnen denken dat we intiem zijn met Rob, dat hij ook op verjaardagen en partijen komt, maar dat is niet het geval. Rob is gewoon de loodgieter. Ik weet niet eens hoe hij van achteren heet.

‘Ik ben er,’ zei ik, ‘als Rob tenminste opschiet.’ Leer mij ze kennen, die loodgieters. Je hebt wat, je belt ze, ze zeggen dat ze binnen een uur komen, maar toch moet je altijd een snipperdag opnemen. Loodgieters vinden het vanzelfsprekend dat er op hen wordt gewacht. Ze hebben macht, vinden ze zelf. Of er zijn er zo weinig dat je blij mag zijn als je eindelijk een Rob hebt gevonden.

‘Oké, ik ga,’ sprak mijn vrouw, ‘doe Rob de groeten.’ Zij had hem eerder die ochtend aan de telefoon gehad en uitgelegd wat er moest gebeuren. Ik surfte verder in het leven van Amy en Britney. Wat een wijven toch. Of moet je het meiden noemen? Dames? Vrouwen? Dozen? Trutten? Sterren? Ik kwam er niet uit.

De bel ging. Ik deed open. Rob – ik was hem al bijna vergeten. Hij kwam op een drafje de gang in, met in beide handen koffers vol gereedschap. Het zweet stond op zijn voorhoofd. 'Ik weet de weg,' riep hij. En terwijl ik nog dacht dat hij het over de wasmachine had, verdween hij in het kleinste kamertje. Tot mijn niet geringe schrik deed hij de deur achter zich op slot. Ik weet niet hoe u erover denkt, maar ik hou er niet van als vreemden gebruikmaken van mijn wc. Een plas, oké, maar schijten, nee, dat is een brug te ver.

Wat te doen?

Niets natuurlijk. Ik kon moeilijk met een muntje het slot op de wc-deur opendraaien en de loodgieter van de bril rukken. Ook een vermanende toespraak na zijn gedane zaken leek me niet op zijn plaats – ik bedoel: hoe kinderachtig kun je zijn? Subtiel laten doorschemeren dat ik bezwaren had? Ook zowat. Met loodgieters kun je beter niet al te zachtzinnig omgaan. Mijn kruis dragen, daar kwam het op neer. En mild zijn, en mededogend. Zo'n man zit ook liever op een vertrouwde pot naar een bekende verjaarskalender te kijken dan dat hij bij vreemden op de doos moet. Kan gebeuren, noodgeval dus.

De stortbak klonk. 'Zo, dat was lekker,' sprak Rob toen we even later oog in oog stonden. Hij zag er inderdaad beter uit dan bij binnenkomst, maar toch had ik hem graag het huis uit gekeken, want als ik ergens niet in geïnteresseerd ben, is het wel in de ins en outs van andermans stoelgang. 'Het kan zo geweldig opluchten, hè. Ik liep er echt al een tijdje mee rond.' Hij glimlachte gelukzalig, niet vermoedend dat ik nu alle zeilen moest bijzetten om het eindresultaat van zijn opluchting de toegang tot mijn verbeelding te ontzeggen.

'Wat was er ook alweer aan het handje?' ging hij door.

'De wasmachine,' mompelde ik. Ten overstaan van loodgieters, timmermannen, metselaars, elektriciens en anderszins opgeleide professionals ben ik snel geneigd in mompelen te vervallen. Zij kunnen iets wat ik niet kan, en zij laten dat mij ook altijd goed voelen. Zelfs poepen konden ze beter, zo te ruiken.

'Juist,' onderbrak Rob, 'de wasmachine. Het vrouwtje had een probleem, hè?' Hij wreef zichzelf in de handen, alsof hij meer van mijn echtgenote wist dan mij lief was. 'Dat gaan we dan eens even lekker oplossen.' Voor mij zat er niets anders op dan koffie te gaan zetten voor de loodgieter.

Sint-Annaparochie

Sint-Annaparochie, ook wel Sint-Anne, ligt ten noorden van Leeuwarden, tegen de Waddenzee aan, in een deel van Friesland dat Het Bildt word genoemd.

De lucht was grijs boven toen ik er was. Op de velden waren de boeren bezig de aardappels binnen te halen. Waar de machines geweest waren, zaten zwermen kraaien. Het waaide hard: langs de sloten stond het riet gebogen en aan de horizon draaiden windmolens op volle toeren. De herfst hing langs de Oude Bildtdijk, een smalle, slingerende dijk met aan de ene kant, de polderkant, de grote boerderijen; aan de andere kant, met de kont in de wind, de eindeloze reeks arbeidershuisjes, sommige keurig opgeknapt, andere oud en vervallen.

Geen weer om te fietsen.

Goed weer voor de dood.

De hoofdstraat van Sint-Annaparochie is de Van Harenstraat. Daar vinden we kledingmagazijn Henk ten Hoor ('van boven tot onder goed'), juwelier Kampen, vakhandel DHZ, gereedschappen en ijzerwaren, slagerij Schreiber, een Aldi, Van der Kloet, de echte bakker, herenkapper Frans Groen (hij stond zelf de ramen te zemen), een paar kledingzaken, een Chinees, een bloemenzaak, dat werk – niets bijzonders. Het leven was er gewoon bezig. Een trekker reed langzaam voorbij. Een man van de gemeente prikte papiertjes. Twee vrouwen stonden met de fiets aan de hand met elkaar te praten.

In de hal van het gemeentehuis, tussen de ideeënbus en een kapstok, stond een tafeltje met daarop het condoleanceregister voor sergeant Rosier. Hij sneuvelde onlangs in Uruzgan en woonde hier met vrouw en drie kinderen, een vierde op komst.

Naast het opengeslagen register: een stoere foto van de dertigjarige militair, met opgestroopte mouwen en zonnebril. Daarnaast een flakkerend waxinelichtje en een tekst van de weduwe die zo begint: 'You are my angel, that's fly through the night.' Er lag een blauwe Bic-balpen naast het kunstlederen boek.

Ook vader Rosier had iets geschreven, als enige niet met de blauwe Bic, maar met een zwarte pen. 'Je was een bijzonder kind. Een zorgzame man en vader en vriend. Een op en top militair. Ik ben trots op jou. Je pa.' Het handschrift was hoekig, krampachtig; vader Rosier had er duidelijk moeite mee gehad. Letter voor letter was de onbevattelijkheid van de plotselinge dood te zien, wat weer tot schroom leidde – bij degene die de woorden onder ogen kreeg. In andermans verdriet moet je niet wroeten.

Het enige woord dat past, is het eenvoudigst: sterkte – dat kwam in het condoleanceregister ook vaak voor. Sterkte. Een mooi, eerlijk woord. Ik schreef het op, en maakte rechtsomkeert.

De vrouw en kinderen van de sergeant wonen in een eenvoudige, stille straat aan de rand van het dorp, een nieuwbouwwijkje uit de jaren tachtig waar de tijd en de eeuwige wind van de polders alweer greep op hadden gekregen.

Aan alle huizen hing, als teken van rouw en steun aan de weduwe, de driekleur halfstok. Heel even midden in die straat stil te staan en naar het wapperen en fluisteren van die vlaggen te luisteren, meer kon ik op deze herfstdag niet doen. Het hoofd buigen, dat ook, natuurlijk. Ver van huis sneuvelen, het is niks.

Maïs

Het is weer de tijd van de maïs. Wordt er eigenlijk nog wel iets anders verbouwd in Nederland? Zo mooi als de velden in de vroege herfst zijn, met die gouden gloed die over de deinende pluimen kan hangen, zo weinig weet ik er eigenlijk van af.

Maïs.

Nu is bekend dat je niet alles kunt weten, maar op dit moment sta ik iets buiten het Twentse dorp Reutum bij een demoveld vol maïsrassen. Ja, zo heet dat, een demoveld. In keurige rijen staan zeventien planten op een rij, iedere rij voorzien van een kleurig naambordje. Al die maïsplanten lijken verdomd veel op elkaar, maar toch ligt aan iedere plant een ander zaad ten grondslag.

Wonderlijk.

Hier komen ze. Van de firma Advanta: Piazza, Sarabande, Starchy, Aabsint, Formula, Abriko, Expert, Aastar, Adenzo, LZM 156.75, Rosalie en Adept. Van de firma LG: Lars, Lentus, 32.20, 32.76 en 32.77. Het is duidelijk dat de firma Advanta over meer fantasie beschikt dan de jongens van LG, die hun maïs lijken te vernoemen naar radiofrequenties. Maar ook in dat opzicht worden ze toch nog overtroffen door Advanta.

LZM 156.75.

Is dat een naam voor maïszaad of is dat géén naam voor maïszaad? Ik zeg het een paar keer tegen mezelf, terwijl ik neerhurk in het natte gras om de planten beter te kunnen bekijken. De afhangende, groengele bladeren, de droge staken, de kolven in de oksels, de klonterige, natte aarde. Aan meer dan maïs doet het allemaal niet denken, en dat vind ik jammer, eigenlijk – je zou het gewas willen huldigen. Bestaan er gedichten over maïs?

Ik ken ze niet.

Wel heb ik ooit ergens gelezen dat maïs een soort gras is. Dat is wel een veelbezongen gewas, maar dat komt door de voetbalsport en omdat het zo lekker ruikt als het net is gemaaid. Maïs is alleen maar maïs, en de meeste maïs ook nog snijmaïs – de kolven kunnen in het Nederlandse klimaat niet eens rijp worden. Ze worden halfrijp geoogst – nou ja, met plant en al omgemaaid en tot veevoeder verhakseld. Het schijnt dat over niet al te lange tijd auto's op energiemaïs rijden. Dat is een nog treuriger lot voor de maïs.

Ik loop wat langs het veld. Voor wie is het eigenlijk aangelegd? Er ligt in het gras een leeg plastic bekertje. Zo te zien heeft er chocolademelk in gezeten. Iemand is mij voor geweest. Een boer op zoek naar betere maïs voor volgend jaar, een dichter op zoek naar inspiratie – wie zal het zeggen.

Aan de overkant van de weg staat in het geploegde veld een groot billboard met de afbeelding van een koe. Binnenkort zijn er grote feesten in de streek. We zijn *Mega Herzlich Willkommen*. Jovink en de Voederbietels zullen spelen.

Je moet ervan houden.

Over het fietspad uit de richting van Ootmarsum komt een dame in een rood windjack mijn kant op. Als ze passeert, groet ze vriendelijk, en ik ook. Ze kijkt er niet van op dat ik hier op het demoveld sta. In het mandje aan haar stuur steekt een gesneden volkorenbrood. Dat is mooi, dat is heel mooi. Een windvlaag trekt voorbij – de vrouw krijgt een zetje in de rug, het maïsveld zingt uitbundig. Als niemand hem roemt, neemt de maïs het heft in eigen handen. Zo klinkt het.

Caféleven

De deur van het café vliegt open en de wind blaast een klant naar binnen. Het is een oud, bruin café waar ik zelden kom. Maar de man ken ik. Niet van naam, maar dat zegt niets. Er zijn wel meer mannen die ik niet van naam ken, maar die me toch dierbaar zijn. Allemaal vrienden uit het café.

Ik groet de man, maar hij loopt door.

'Hé,' zeg ik, 'ken je me niet meer?' Zo lang is het nu ook weer niet geleden dat ik hem voor het laatst zag. Een paar weken, hooguit een paar maanden. Cafétijd gehoorzaamt aan andere wetten dan de tijd van het echte leven.

'Uh?' Hij draait zich naar me om.

Eigenlijk hoort het niet – als je in een café iemand groet en hij groet je niet terug, ken jij hem misschien wel, maar kent hij jou niet meer, en is de reden tot contact vervlogen. Maar ik leg uit wie ik ben en bij welke gelegenheid we elkaar meestal zien: op vrijdagen maakt hij deel uit van een clubje mannen dat altijd in dezelfde tent zit te lunchen en te zwetsen, en af en toe schuif ik daarbij aan.

'O shit, jij bent het,' zegt hij.

Oké, we zitten op één lijn, gelukkig.

'Hoe gaat het?' vraag ik. Klassieke cafévraag. Je moet ergens beginnen, en dit is een goeie. Het weer had ook gekund. Of Ajax. 'Wat drink je?'

'Een spaatje,' antwoordt de cafévriend. 'Slecht.'

'Slecht' is het verkeerde antwoord op de vraag hoe het gaat. De bedoeling is dat het goed gaat. Met 'slecht' ben je verplicht door te vragen. Het verhaal kan overal terechtkomen, vooral in het echte leven, buiten het caféleven.

'Wat is er dan?'

'Ik zie niets meer. Ik heb een ooginfarct gehad,' zegt hij. Onzeker brengt hij het glas mineraalwater naar zijn mond. Aan zijn broekriem zie ik een bloeddrukmeter hangen.

'Niets meer?'

'Alleen grauwe vlekken.'

'En hoe lang al?'

'Dit is de zesde dag. Ik ben overal geweest. De dokter. De oogarts. Het ziekenhuis. Ze kunnen er niets aan doen. Het blijft zo.'

'Dat is mooi klote, zeg.' Ik had ook 'Dat is goed kut' kunnen zeggen, maar het zijn de kloten geworden, ik weet ook niet waarom.

'Zeg dat wel,' beaamt mijn cafévriend somber, 'het is niet te doen. Het leven is een hel. Ik denk dat ik euthanasie ga plegen.'

'Je springt voor de trein, bedoel je.'

'Ja, of van het Hilton, net als die gozer, hoe heet ie ook alweer...'

'Brood.'

'Brood, ja. Aardige jongen, trouwens.'

'Maar dood.'

'Ja, dood.'

Daar zitten we dan. Zwijgend naast elkaar.

‘Ik neem er nog een,’ zeg ik. ‘Jij een biertje?’

‘Ik heb er al twintig op,’ antwoordt hij. Hij sjort aan zijn riem om op de bloeddrukmeter te kunnen kijken. ‘Hij gaat als een gek tekeer,’ mompelt hij. ‘Nou ja, doe er maar eentje. Daarna ga ik naar huis en op de bank liggen.’

Ik wenk de kroegbaas met het bekende v-teken, en daar komen de twee schuimende pils al aan.

‘Op je gezondheid,’ zeg ik tegen mijn buurman.

‘Op die van jou,’ antwoordt hij. ‘Ik ben over en uit. Mij zien ze niet meer. Ik zie jullie trouwens ook niet meer.’

We drinken en vergeten, want waarom zou je anders drinken? Buiten giert de wind langs het raam, maar ook breekt de zon door. Onzeker valt het licht de stoffige, oude zaak binnen.

Koksmuts

Op het moment dat de koningin aan haar jaarlijkse rijtoer door Den Haag begon, betrad ik in een verre uithoek van haar koninkrijk, in Zeeuws-Vlaanderen, aan de Kanaaldijk tussen Retranchement en Cadzand-Bad, restaurant De Witte Koksmuts.

De eigenares, de chef-kok en de ober van dienst zaten mij aan de van schrootjes getimmerde en stemmig grijs geschilderde bar op te wachten. Zo voelde het althans, want ik was de enige gast. Ik wist dat het een stomme vraag was, maar ik stelde hem toch maar: 'Bent u open?'

'Jawel, meneer,' antwoordde mevrouw, een kleine, blonde, vijftigjarige dame met een Tiroler hesje en een broek met afritsbare pijpen. 'Al vanaf elf uur. Wilt u eten?'

'Graag,' zei ik naar waarheid, en daarop maakte de ober zich moeizaam los van zijn kruk om mij voor te gaan naar een tafeltje bij het raam.

Daar had ik uitzicht op een polder, de tuin van een aanpalende villa, vol beeldhouwwerken, een stuk dijk met fietspad, een terras met de parasollen gesloten en de asbakken vol regenwater, en een grote, zwarte koekenpan die naast de ingang van het restaurant hing.

Ik bestelde een gebakken tong en verlegde mijn blik naar het interieur van De Witte Koksmuts: niets bijzonders, behalve een groot schilderij van een eenzame boer achter een ploeg die door drie paarden werd voortgetrokken. Boven hen pakte de hemel zich samen.

'Het is winderig, hè, meneer,' sprak de eigenares van de zaak, 'en er is weinig beweging op de weg, hè.'

Feiten als koeien.

'Ik zit hier al tweeëndertig jaar, meneer, en vorig jaar is mijn man gestorven. Hij was vishandelaar. Nu koop ik zelf de vis. Dat is nog best een vak, hoor. Je moet goed kunnen schelden. Maar dat kan ik. Dan zet ik een pet op.'

Ik knikte.

De mevrouw slofte weg. Ergens achter het barretje was de deur naar de keuken, die iedere keer als hij openging hartstochtelijk piepte. Daar verdween ze nu door. Ik verbeeldde me dat ik mijn vis in de pan kon horen knetteren. 'Die zwemt niet meer,' nam ik me voor te zeggen als hij straks op tafel kwam.

Terwijl ik wachtte, luisterde ik naar de muziek die door het restaurant schalde. Het waren of de Gebroeders Brouwer of het was James Last en zijn orkest. In ieder geval had iemand zich geroepen gevoeld 'I Can't Stop Loving You' op trompet uit te voeren. Ik kon er niets aan doen, maar zat een paar keer zachtjes mee te zingen. Zoiets kan, in een leeg restaurant.

Toen kwam de vis.

Eerlijk is eerlijk: hij was schitterend en ik vergat te zeggen dat hij niet meer zwom. 'Een mooi viske,' zei de eigenares van De Witte Koksmuts. Ze was er trots op, en ik op haar.

Langzaam at ik hem op.

De mevrouw vertelde intussen dat het vanhier maar

‘een klein sprintje’ naar België was, en dat er plannen bestonden om het gebied te ontpolderen – dan zou haar Witte Koksmuts verdwijnen onder een dijk van 18 meter hoog en 45 meter breed. Of ze het nog zou meemaken, was een tweede. De plannen lagen er al sinds 1985, veel vaart zat er niet in. In al die jaren was ook nog nooit iemand haar of wijlen haar man komen vragen wat hun mening was. Welnu: ze waren allebei tegen. En nu hij er niet meer was, was zij alleen tegen.

Ik knikte.

‘Ach, meneer,’ zei ze tot besluit zorgzaam, ‘smaakt uw viske? Ik denk het wel, hè. Daar doe ik het voor.’ In Den Haag, intussen, zwaaiden de mensen naar de koningin. Het was daar geen goed weer.

Kruisweg

Langs de Lange Herenweg tussen Schoondijke en Oostburg in Zeeuws-Vlaanderen staat een boerderij die Kruisweg heet. Effectiever kan het leven niet worden samengevat.

Sjouwen met hout, en dan zijn we dood.

Een mooie, rechte weg, die Lange Herenweg. Stapvoets rijden we achter een tractor die een kar vol spruiten trekt. Het moeten er honderdduizenden zijn, groene knikkers. Af en toe valt er een van de wagen. Kan een spruit ontroeren?

Aan de rand van een maïsveld staan zonnebloemen. Ze doen denken aan mannen met gebogen hoofden, de pet in de hand. De lucht erboven is een schuimende zee van wolken, de populieren verderop deinen in de straffe wind. *Populus tremula* – in het woord alleen al hoor je de bladeren ritselen, ruisen en zingen. Een machtige boom. Thuis heb ik er ook een, in de achtertuin. Hoog torent hij boven de huizen uit, altijd klaar om wind te vangen en in muziek om te toveren.

De Kruisweg.

Veertien staties, als ik me niet vergis. Jezus ter dood

veroordeeld, Jezus met het kruis, Jezus struikelt, Jezus komt Maria tegen, Simon helpt Jezus met het kruis, Veronica droogt Jezus' gezicht, Jezus valt weer, Jezus troost huilende vrouwen, Jezus valt nog een keer, Jezus raakt zijn kleren kwijt, Jezus aan het kruis, Jezus dood, Jezus van het kruis gehaald, Jezus in zijn graf. Veertien stappen naar het einde. 'Tel uw zegeningen, één voor één', ik hoor het mijn oude tantes met ernstige stem zingen.

En dan Jacques Brel.

Het vlakke land. Het land dat vecht tegen gierende westenwind, het land dat wacht als de bolle oostenwind het nog vlakker slaat, het land dat kraakt als de noordenwind de vlakte vierendeelt, het land dat juicht wanneer de zuidenwind schaterend door het graan blaast, dat land dus: hier is het. Maar uit welke hoek waait de wind vandaag?

Biervliet, IJzendijke.

Zuidzande, Sint-Anna ter Muiden.

Sluis, Groede en Boerenhol.

Witte grenspalen in een wereld van klei, een eenzame visser aan een stil kanaal, twee bejaarden die nordic walken, een veld met gerooide uien, een dijk in de verte, een failliet café-restaurant op een kruispunt, een kerktoren en overal rotondes.

Zeeuws-Vlaanderen.

Knokke vlakbij, maar toch ver weg. Jacques Brel die zingt. Ogen dicht en je ziet zijn grote mond voor je, die gulzige, natte, vreemde, enorme mond in dat verwrongen gezicht, zo'n gezicht dat je nauwelijks nog tegenkomt, alsof de mensen met het voortschrijden van de tijd steeds egaler worden, steeds meer op elkaar gaan lijken. 'Wanneer de dagen gaan in domme regelmaat, wanneer de Schelde blinkt in zuidelijke zon.'

De zanger en zijn land.

Twee meiden, allebei op de fiets, tussen Breskens en Kruisdijk, fietstassen onder de snelbinders, in druk gesprek, de wind in de rug. De wereld is van hen. Over een paar jaar zijn ze vertrokken uit de streek.

Slijkplaat.

Sasput.

Driewegen.

Eindeloos is het land, leeg en verlaten. 'Wanneer onder de wolken de mensen dwergen zijn,' zingt de zanger. Aan de horizon een hoge schoorsteen waar een grote vlam op danst. De raffinaderij bij Terneuzen. Langs de kant van de weg een kruis voor een verkeersdode, een lieve Eddie.

De Kruisweg tussen Schoondijke en Oostburg, ik had nooit het plan er eens te komen, maar het gebeurde toch.

Briefing

De commandant der strijdkrachten, generaal Dick Berlijn, gaf maar weer eens een briefing over de situatie in Uruzgan. Hij deed dat in het Operationeel Centrum van het ministerie van Defensie, hartje Den Haag. Buiten regende het pijpenstelen, maar binnen zaten achter computers mannen met korte mouwen gebeurtenissen aan de andere kant van de wereld te monitoren.

De generaal sprak in een zaal met bruine vloerbedekking. Aan de muur hingen landkaarten, portretten van de majesteit en haar zoon, en een rij digitale klokken die de tijd aangaven in Amsterdam, Kabul, Bagdad en nog een paar steden. De briefing ging gepaard met lichtbeelden, en de eerste dia bleef het langst hangen: blije kinderen met schoolboeken in een met zandzakken versterkt lokaaltje. Kijk, de missie werkt.

Zo zonnig als de dia was, zo realistisch was gelukkig de generaal, al deed hij zijn best de lichtpuntjes zo sterk mogelijk te benadrukken. Hij behandelde om te beginnen de '3D-aanpak' van de missie: *diplomacy*, *development* en *defense*.

Welnu, op diplomatiek gebied beginnen er dingen te

werken. Vanuit de hoofdstad Kabul is er de laatste tijd meer belangstelling voor Uruzgan. Ook het lokale bestuur lijkt te verbeteren, en binnenkort zal een nieuwe gouverneur aantreden die de tribale dialoog op gang gaat brengen. Wel is er nog veel corruptie, en een nieuwe trend: aanslagen op lokale sleutelfiguren.

Dan de development.

Er gebeurt van alles, maar er zijn nog nauwelijks zichtbare resultaten, behalve natuurlijk de blije kinderen met hun schoolboeken. Minister Koenders is langs geweest en heeft meer geld beloofd. Er komt een project met microkredieten, misschien een business center. Bij die woorden moest de generaal zelf ook wel een beetje lachen. De veiligheid is nog steeds de bottleneck.

Defense dus, het ware werk.

De generaal gaf een spannende samenvatting van de gebeurtenissen in juni bij Chora. Vallende checkpoints met exotische namen als Nyazi, Kalakala en Sarab; troepen die zich terugtrekken op de White Compound. *Stand and fight* als bevel. Een dappere tegenaanval met luchtsteun en houwitservuur, vijand verdreven, tussen de tachtig en de honderd doden, onder wie burgers – keel doorgesneden, in brand gestoken, geëxecuteerd. Terwijl hij dit alles vertelde, was op de achtergrond het hartverscheurende beeld van een oude fluitketel met een kogelgat te zien.

Dan het heden.

Na Chora hebben we nu een nieuw offensief van de Taliban (ook wel OMF genoemd, Opposing Militant Force) bij Deh Rawod. Daarbij kwam 'onze' Tim Hoogland om het leven. Er volgde een dia van het lichaam, in de driekleur gewikkeld, soldaten met jonge, stramme gezichten die het in een wagen schuiven.

Opvallend is dat de tegenstander beter georganiseerd is dan een tijd geleden. Ze schieten vaker raak en weten hoe ze hun mortieren moeten richten. Dat duidt erop dat ze steun van buiten krijgen. De generaal wilde niet zeggen van wie. Nu is de situatie rustig, maar het kan ieder moment weer misgaan. Versterkingen worden overwogen.

Tot slot.

Nederland is halverwege het mandaat. De missie heeft zich tot nu toe precies ontwikkeld als voorzien. Er zijn geen tastbare resultaten, en die zijn ook niet binnen afzienbare tijd te verwachten. Het gaat allemaal erg langzaam. 'Het was, is en blijft *serious business*', om de generaal te citeren, en achter hem verscheen weer de dia van de blije kinderen met hun schoolboeken tussen de zandzakken.

Banaan

Bij de tramhalte staat een vrouw te wachten. Het einde van de middag is in volle gang, de duisternis lijkt wel overal vandaan te komen. Donkere dagen zijn het, soms beginnen ze in het donker en eindigen ze in het donker. Dat de mensen moed houden is een wonder. Aan de andere kant: we moeten wel. De vrouw wordt geflankeerd door twee grote reclames in van die lichtgevende kasten.

Links van haar toont een frisse blondine de nieuwe lingerie van C&A, rechts roept de firma Knorr ons op om kleur te eten, in dit geval de kleur geel. Onder de kreet: het beeld van maïskolven, een aangesneden mango, gele paprika's en een bos geel uitgeslagen bospeen.

De vrouw is een jaar of veertig. Ze ziet er, zeker vergeleken met het blondje van C&A, een beetje afgetobd uit. Maar het kan natuurlijk het einde van een lange werkdag zijn, en misschien is ze ook nog wel onderweg naar haar oude, demente vader in het verzorgingstehuis aan de andere kant van de stad. Pas om een uur of acht zal ze dan eindelijk thuis zijn en dan moet ze ook nog voor zichzelf koken. Het vooruitzicht alleen al kan moe maken. Tussen haar voeten staat een grote tas.

Op het moment dat de kerstverlichting in de straat aanfloept, krijgt ze bij de halte gezelschap van een klein, onberispelijk, oud heertje met een versleten aktetas in de hand. Hij stelt zich keurig naast haar op, tilt zijn tas op borsthoogte, opent hem en haalt er een banaan uit. De vrouw kijkt even opzij, en dan naar de reclame van Knorr. Eet geel, zou ze nu kunnen denken, maar voor hetzelfde geld gaat er heel iets anders door haar heen.

De man pelt de banaan.

En neemt een forse hap.

Tot zover niets aan de hand, maar nu moet hij gaan kauwen. In tegenstelling tot wat op basis van zijn geringe gestalte verwacht had kunnen worden, doet hij dat met stevige, malende bewegingen; het hele hoofd doet mee. Wangen, kaken, lippen, zelfs zijn oren kauwen mee. Weer kijkt de vrouw even opzij, en deze keer is wel duidelijk wat ze denkt. Daarna doet ze een stap opzij, weg van het brute geweld waarmee de banaan wordt genoten.

Nog een hap neemt de man.

Als het zo doorgaat, is de banaan in drie happen verdwenen. De vrouw doet een stap naar voren en strekt de hals om zo ver mogelijk de straat in te kunnen kijken. Waar blijft de tram? Ze werpt een blik op haar horloge en doet dan weer een stap achteruit. Ondanks haar wrevel kijkt ze toch nog een keer naar de etende man. Hij is helemaal in de ban van de banaan. De vrouw zucht en haalt een paar leren, zwarte handschoenen uit haar tas. De banaaneter kijkt even opzij. Zijn adamsappel gaat woest op en neer en terwijl dat nog bezig is, neemt hij de derde hap van de banaan.

Inderdaad, de laatste.

Terwijl hij het vruchtvlees vermaalt, kijkt hij speurend om zich heen, maar er staat nergens een prullenbak. Hij tilt daarop opnieuw zijn aktetas op tot borsthoogte, opent hem en laat de bananenschil naar binnen glijden. Even lijkt het alsof de vrouw naast hem graag even in die tas zou willen kijken, ze neigt het hoofd iets naar links, en dreigt op haar tenen te gaan staan. Gelukkig vermant ze zich. Ze wil niet weten hoeveel bananenschillen er in de tas zitten.

Daar is de tram.

Vlak voordat hij met veel gerinkel stopt, slikt het kleine, keurige heertje zijn laatste hap door. 'Lekker,' zegt hij, meer tegen zichzelf dan tegen de vrouw, die hij voor laat gaan bij het instappen. De vrouw doet alsof hij lucht is; ze heeft nog een lange avond voor de boeg.

Den Bosch

Het blijft magisch, dat moment precies tussen het einde van de middag en het begin van de avond. Als de mensen zich ineens naar huis haasten, de winkels nog net even open óf zojuist gesloten zijn en de straatvegers tevoorschijn komen om de winkelstraten schoon te maken.

In Den Bosch dwaalt op dat moment over de Markt een man in een verschoten jack en op afgetrapte gympen, een eenzame man, dat zie je aan alles, maar zo eentje die nog net voor zichzelf kan zorgen. Terwijl het personeel van Krol de viskraam aan het afsluiten is, prijst de man luidkeels de naam van God. Niemand besteedt aandacht hem.

De plaatselijke gek.

Hij schuifelt langzaam, schreeuwend, langs de terrassen en komt op de Pestmarkt. Ook daar staat een viskar, van Gepkens-Ernst, en verderop zo'n kleine Vietnameseloempiakar. Op een muurtje zit een ouder echtpaar kibbeling te eten. De man van God roept: 'Lees de bijbel! Ook jij hebt Jezus' liefde en hulp nodig! Geloof in God! Bid tot God. Houd van Jezus. Jezus houdt van jou!'

'Het zal wel,' zegt een passant.

Een paar honderd meter verderop staan aan de voet van

de Sint-Janskerk mensen op de bus te wachten. De Parade heet dit plein; klinkers, bomen, ouderwetse lantaarns, bankjes, een telefooncel en een ijscokar van Burg. Op het terras van het Hart van Brabant zitten twee dames. Een van hen wacht ook op de bus. Hij komt over enkele minuten.

'Kijk,' zegt de een tegen de ander, 'daar heb je dat meisje.'

Er loopt een meisje voorbij. Ouder dan twaalf kan ze niet zijn. Ze torst een accordeon aan haar schouder. Haar smalle gezicht is bruin, haar handen zijn vies.

'Wat is daarmee?' vraagt de andere dame.

'Die zat de hele middag op het Loeffplein te spelen. Volgens mij is het een zigeunerkind.'

'Mmmm,' zegt de ander. 'Er zat ook zo'n meisje in de Stationsstraat, bij de brug. Ik vind ze heel zielig, die kinderen. Geef jij ze wat?'

'Ik geef nooit wat.'

'Ik wel.'

Het carillon van de Sint-Jan begint te spelen. Het duurt even, maar dan is 'Are You Lonesome Tonight' van Elvis te herkennen. Er komt een bus aan, lijn 68. De klokken vallen weer stil.

'Daar is mijn bus,' zegt de ene dame.

'Houdoe, hè,' zegt haar vriendin.

De vrouw steekt snel de straat over, en sluit aan bij de rij wachtenden tussen de bomen. Ze zwaait naar haar vriendin op het terras. De bus stopt, de mensen stappen in. Als de bus is vertrokken, ligt De Parade er stil bij.

Achter de ijscokar van Burg staat een beeld van de heilige Jan met een adelaar op zijn schouder. De vogel heeft zijn vleugels gespreid en de machtige snavel naar de hemel gericht. De heilige kijkt enigszins beduusd naar de grond. Op de sokkel staan, onder andere, deze woorden gegraveerd: 'De vogel van Sint-Jan ter vlucht gereed, verbeeldt de verten die de ziener schouwt. In hem de stad die naar haar toekomst bouwt.'

De eerste nieuwe wachtenden stellen zich op bij de bushalte. Ze kijken in de richting waaruit de bus moet komen, op hun horloges en mobiele telefoons. De stad heeft haar toekomst gebouwd, nu nog naar huis. Over Den Bosch daalt de avond neer. De dagen worden steeds korter.

Barbara

Zij woonde in een bijzonder huis, een grote, moderne villa op een heuvel in een zanderig gebied; hier en daar wat heide, een enkele struik, jonge, aarzelende bomen, meest berken. Ooit lag het huis diep verborgen in een oud woud, maar een grote bosbrand had het een paar jaar geleden bijna verzwolgen. Haar moeder hield het vuur tegen met een tuinslang. Nu stond het huis eenzaam op de heuvel, goed zichtbaar vanaf de snelweg een paar honderd meter verderop, de A28 tussen Amersfoort en Zwolle: een baken.

Zij was twee jaar ouder dan ik; zij zat in de zesde en deed eindexamen, ik zat in de vierde. Zij had haar rijbewijs al, ik reed op een oude brommer. Zij had al een ex, ene Arnout – een krullenbol met een goed gevulde zwembroek en een echte Ray-Ban-zonnebril. Ik had nog helemaal niets, nou ja, af en toe een stijf pikkie op de zonneweide van het zwembad waar Arnout de bink was.

We spreken 1976.

Joop den Uyl was aan de macht.

Ad Visser op televisie.

Ik kan me haar nauwelijks nog voor de geest halen. Ze had krullen, dat weet ik wel. Ze droeg vaak een bruine jas, die aansloot bij die krullen. Ze had brede heupen en kleine borsten. Ze droeg meestal truien en spijkerbroeken. Ze had bruine ogen, net als die jas en dat krullende haar. Ze had een lieve mond en een flinke dot haar op haar doos. Dat was toen nog mode. Ik heb geen foto's van haar.

Ik was erg verliefd op haar.

Hoe ik met haar in contact ben gekomen, weet ik niet meer. Waar ik haar voor het eerst sprak, geen idee. Het kan op school zijn geweest, maar dat lijkt me sterk; ze zat twee klassen hoger, daar praatte je niet mee. Ik kende ook haar broer, die zat in een parallelklas van mij. Ik denk dat ik via hem bij hen thuis over de vloer kwam, en dus in haar buurt. Hoe vervolgens van het een het ander kwam, ik herinner me er niets van. Het enige wat ik scherp voor me zie is dat ik op een avond met haar in bed lag.

Het was haar moeders bed: een groot, tweepersoonsbed in een grote slaapkamer met ramen van vloer tot plafond die uitzicht boden op de snelweg in de verte, maar we hadden de gordijnen dicht en lagen te zoenen – dat kon ze goed, dat had ze van die Arnout geleerd.

De opwinding was ondragelijk – zeker aan mijn kant. Dat weet ik nog goed. Seks was in die tijd nog iets groots en geheimzinnigs. Seks was geen snack, zoals nu. Ik wist er ook geen bal van. Behalve dat het een monster was dat me kon verzwelgen. Wat ik ervan wist, had ik uit kapotte *Candy's* die ik wel eens langs de weg naar school in de berm vond en uit de boeken van Jan Wolkers, Jan Cremer en Henry Miller, *Sexus*, *Plexus*, *Nexus*, *Mieke Maaike's obscene jeugd* van Louis Paul Boon. Van die boeken die ik met een zaklantaren en een kloppend hart onder de dekens van mijn smalle jongensbed las.

Zij was als eerste naakt, en daarna volgde ik, met veel schaamte, want ik wist bijna zeker dat ik belachelijk klein was geschapen en bij het minste of geringste prematuur zou ejaculeren, nare woorden die ik nog niet zo lang kende. De oplossing leek me te zijn als een haas met mijn hoofd tussen haar benen te duiken. Op het moment dat mijn neus in haar dot viel, kwam ik klaar, zonder dat zij het merkte, gelukkig, en ik begon haar als een gek te likken, echt waar – dat hoorde zo, volgens mijn informatie. Of zij klaarkwam, weet ik niet. Ik was dronken van haar geur.

Ik herinner me nog een scène, later. Nu droeg ze een witte zomerjurk. Ik geloof dat we die samen hadden gekocht. Ze was mooi in die jurk. We troffen elkaar in het bos, niet ver van mijn ouderlijke huis. Het was een laatste ontmoeting; ik zou met mijn ouders mee op vakantie gaan, en zij bleef thuis. Ik herinner me die witte jurk die een beetje doorschijnend was. Ze droeg wel een onderbroek, maar geen bh. Ik herinner me hoe gek ik op haar was. We bedreven de liefde, in een kuil tussen struiken en bomen, op een bed van dennennaalden. Ik weet het nog goed. Ik kon het inmiddels, dacht ik, vandaar de uitdrukking – de liefde bedrijven.

Of ze van me hield, ik weet het niet. Of ze vond dat ik er iets van kon, ik weet het niet. Ik denk dat ze op dat moment van me af wilde. Het was zo'n vrijpartij die heen en weer zwiept tussen tederheid en wreedheid. Ik geloof dat ik huilde. En anders zij wel, met die grote, bruine ogen. Lange wimpers had ze trouwens.

Het kwam niet goed tussen ons, al duurde het al met al nog een jaar voor ze me definitief de rug toekeerde. Ik ben haar sindsdien nog een keer tegengekomen, in de Nes in Amsterdam. Ze droeg nog steeds dezelfde bruine jas, en haar bruine ogen stonden droef. Ze keerde me de rug toe, en ik durfde niets tegen haar te zeggen.

Dat was het.

Maar nog altijd moet ik aan haar denken als ik, zoals vandaag, van Amersfoort naar Zwolle, of terug, rijd. Haar moeder woont allang niet meer in de villa op de heuvel, en de villa is ook niet meer te zien. Eromheen is weer een bos gegroeid, door de jaren heen heb ik dat langzaam zien gebeuren. Iedere keer als ik langskwam, zag ik minder van de villa, alsof een stuk van mijn verleden onvermijdelijk verdween. Ze heette overigens Barbara, ik zou haar wel weer eens tegen willen komen.

Winsum

Daar was ik dan ineens in Winsum, twintig kilometer ten noorden van de stad Groningen. Het was avond, en donker. Je hoort wel eens dat er in Nederland geen echte duisternis meer bestaat, maar dat geldt toch echt niet voor de omgeving van Winsum op een zaterdagavond.

Aardedonker.

Winsum zelf was gelukkig verlicht, zij het spaarzaam, en in het centrum trof ik herberg de Gouden Karper, al meer dan vierhonderd jaar een begrip. Het was druk en gezellig in de gelagkamer, precies zoals het hoort om een uur of zeven. Ik bestelde wat te eten en toen ik het op had, liep ik het stille dorp in. Slagerij Hasper, drogisterij Jacob Kamst, Pol, beeld en geluid, de fotowinkel van Vaszlovszky, ook voor bruidsreportages, pub Toby en café De Bron.

Die laatste zaak was gevestigd bij de brug over het Winsumerdiep, een smal watertje dat dwars door het dorp loopt. Ik stak de brug over en liep nu door de hoofdstraat. K.G. van de Noord, stofzuigers en koelkasten, Henk ten Hoor, van boven tot onder goed, een bescheiden Blokkerfiliaal, J. Bierma's groenten en fruit, juwelier Paul Pannekoek. Aan het einde kwam ik bij een klein pleintje met rechts pizzeria La Sicilia en snackbar Obergum en links café The Corner.

Ik kon het niet laten.

Aan de bar van The Corner zaten een mannetje of acht. Ze draaiden zich allemaal om toen ik binnenstapte. De meesten hadden een glas bier voor zich staan, een enkeling dronk jenever. Onder het biljart stond een stofzuiger, achter de bar een krasse dame die Rie werd genoemd, zwarte Rie, en die hier al vijfenveertig jaar de scepter zwaaide. Zo zag het tafereel er inderdaad uit – alsof de mannen er al 45 jaar zaten, niet zozeer slachtoffer van hun drankzucht als wel van harte bereid zich aan Ries strenge gastvrijheid te onderwerpen.

Ik had mijn bestelling nog niet geplaatst of mijn oog viel op een vergeelde foto van een vrouw die bevallig tegen een vrachtwagen leunde. Het bleek Rie zelf te zijn. In haar jeugd was ze de eerste vrachtwagenchauffeuse van Nederland geweest, vertelde een van haar gasten trots. Zelf voegde Rie er bescheiden aan toe dat ze zowel op torpedo's als op frontwagens had gereden en toen ik dat niet begreep, legde ze uit dat een torpedo een wagen met een neus was en een front een truck zonder neus. Daarna vertelde ze nog dat ze inmiddels 78 was, uit Zaandam kwam en voor de firma Van Seumeren uit Uithoorn had gereden, tot ze dus 45 jaar geleden hier in Winsum terechtkwam en een café begon. Sindsdien had ze 23 honden versleten en nooit kinderen gehad.

De 24ste hond kwam kort daarop binnen. Het was een enorme herdershond die door Rie zo werd begroet: 'Kom maar bij mama, schatje.' De man die bij de hond hoorde, viel bij het dier in het niet en voegde zich tussen de gasten aan de bar. De hond likte Ries hand en ging op de grond liggen grommen. De mannen lachten, een beetje ongemakkelijk – alsof het niet eerlijk was dat de hond meer aandacht kreeg dan zij.

Rie gaf maar snel een rondje ter ere van haar naderende jubileum, dat op grootse wijze zal worden gevierd, met levende muziek van Antko en Sylvia met Johnny, de gezelligste band van het Noorden. Een gejuich steeg op.

Even later stond ik weer buiten, en weer wat later reed ik door het donkere land. Hier en daar pinkelde een lichtje in de verte: een huis waar mensen thuis waren.

Kinderleed

Ach, de avondspits in de herfst. Regen, auto's, fietsers met hun feestelijke lichtjes, rinkelende trams, beslagen ramen. Voetgangers onder paraplu's, natte honden. Een jongetje, met zijn moeder onderweg naar huis, valt van zijn fiets. Hij raakt het hek rond een bouwput.

Huilen.

Moeder stopt. Ze draagt een lange, leren jas en een hippe pet waar een stevige bos blond haar onderuit komt. Ze heeft nog een kind bij zich, een klein meisje in een roze regenpak dat in een stoeltje aan haar stuur zit – moeder sjort aan het kind.

Huilen.

Het meisje is eigenlijk al te groot voor het stoeltje. Moeder krijgt haar er nauwelijks uit. Het is wrikken en trekken, en liefdevol gaat het niet. Intussen roept ze iets naar het gevallen jongetje.

Eindelijk.

Het roze meisje is los en moeder zet haar op de grond. Een colonne fietsers slingert om hen heen, een scooter blaast voorbij. De moeder zet haar fiets tegen het hek van de bouwput en banjert met flapperende jaspanden naar het gevallen jongetje, buigt zich over hem heen en trekt hem overeind. Hij stopt met huilen. Vanuit de hoogte praat zijn moeder op hem in.

Helpt niet.

Ze gaat door de knieën. Haar jaspanden liggen als olievlekken op het asfalt. Ze betast het been van haar zoon. Ze geeft hem een aai over zijn bol. Ongetwijfeld zegt ze dat hij flink moet zijn. Dat ze bijna thuis zijn. Dat hij even door moet zetten.

Hij zou wel willen, het jongetje, maar hij kan zich nog niet over de schrik heen zetten. Zoals hij daar staat, klein en nietig en schokschouderend in de drukke avondspits, is hij het toonbeeld van kinderleed. Het liefst zou hij weer op de straat gaan liggen. Zijn moeder veert overeind. Haar lange jas geeft haar een machtig aura. De ceintuur zit strak om haar middel.

Ze beent naar de fiets van de jongen. Ze pakt hem op bij het stuur. Ze kijkt of er iets aan mankeert. Twee brommers passeren, gevolgd door een paar fietsers die vinden dat de vrouw en haar kinderen de weg versperren. Er vallen woorden, zoals dat heet.

Het kleine meisje in het roze regenpak doet een paar stappen, weg van moeders fiets. Onmiddellijk komt ze terecht in de lichtbundel van een naderende auto die remt en toetert.

Moeder schreeuwt.

Het meisje vlucht terug naar het hek van de bouwput. Moeder hurkt bij haar neer voor een reprimande. Ze heeft de fiets van haar zoon nog steeds vast, alsof het een veertje is. Ze kijkt om zich heen en steekt de drukke straat over. Halverwege, als ze op de trambaan is, draait ze zich om en roept ze wat naar haar kinderen. Als ze, even later, aan de overkant van de straat is, knielt ze neer bij een prullenbak, waaraan ze de jongensfiets met een ketting vastzet.

Ze haast zich terug.

Het jongetje lijkt zich nu wat hersteld te hebben. Het meisje in haar roze pak houdt braaf het hek vast. Zij is als eerste aan de beurt. Haar moeder tilt haar op, en stopt haar in het stoeltje aan het stuur. Het meisje werkt braaf mee, ze glijdt er zo in. Daarna is het jongetje aan de beurt. Moeder tilt hem op – goed is te zien dat hij al te zwaar voor haar is – en zet hem op de bagagedrager. Daarna gaat ze zelf tussen hen in zitten en met een paar stevige pedaalslagen heeft ze de vaart er vrijwel meteen in. Het jongetje achterop gaat schuil in de panden van haar lange jas.

Tollensstraat

De eerste Amsterdamse straat die echt iets voor mij betekende was de Tollensstraat, een zijstraat van de Kinkerstraat in Oud-West. Het was zo'n volksstraat met etagewoningen gevestigd in hoge, grimmige, bakstenen panden met hijsbalken, een café op de hoek met vitrages voor de ramen en oude auto's langs de scheve stoepen.

Ik kwam de straat binnen op een herfstige avond in 1980. De tram had me vanaf het Centraal Station naar de hoek Bilderdijkstraat en Kinkerstraat gebracht. Het laatste stuk liep ik, langs onder andere een oliebollenkraam die er nog steeds staat in dit jaargetijde. Toen sloeg ik linksaf, de Tollensstraat in. Ik moest me halverwege die straat melden bij een jongen die ik niet kende – Walter Carpay. Hij woonde op driehoog-achter. We gingen een tijdschrift beginnen.

Ik schelde aan.

Er gebeurde lange tijd niets, en ik keek om me heen. Ik was nog nooit eerder in een straat als deze geweest. Ik kwam uit Groningen, daar had je zulke straten niet. Ik was wel eerder in Amsterdam geweest, maar meer dan het Rokin, het Spui, de Nes en een paar grachten had ik niet gezien. Dit was de eerste keer dat ik diep in Amsterdam was.

21 was ik.

De deur ging open en ik begon de lange klim naar Carpays verdieping. Ik kwam langs deuren, overlopen, kratten met lege flessen, bakken met kattenkorrels, wasgoed dat in het trapgat hing. Ik rook eten en hoorde stemmen achter dunne muren. Uiteindelijk was ik boven.

Aanwezig waren die avond Dirk van Weelden, Rob Scholte en de al genoemde Carpay, die later begrafenisondernemer zou worden, maar nu nog op de Rietveld Academie zat. Scholte zat op dezelfde school, en Van Weelden kende ik uit Groningen. Daar studeerden we allebei filosofie. Hij was de schakel tussen mij en de anderen: hij had met hen op de middelbare school in Alkmaar gezeten.

Goed.

We smeedden plannen, zoals die dingen gaan, en daarna hadden we honger. Ik herinner me dat Carpay en Scholte de deur uit gingen om boodschappen te doen. Ze kwamen terug met een zak aardappelen, een kilo wortelen en uien, twee rookworsten en een paar flessen Grolsch, halve liters. In het kleine, smalle keukentje van Carpay, met een granieten aanrecht en een geiser met een weigerachtige vlam en zo'n plastic slangetje eronder, schilden we de aardappels, sneden we de uien en wasten we vier borden en het nodige bestek af.

Toen aten we hutspot.

Inmiddels verstreek de tijd en de laatste trein naar Groningen naderde, als ik me niet vergis ging hij om 21.34 uur. Er kwam dus een vrij abrupt einde aan de vergadering, ik moest weg. Van Weelden logeerde die week bij zijn ouders in Alkmaar, anders hadden we samen kunnen reizen.

Ik weet nog goed hoe ik daar stond, beneden in de Tollensstraat. Het regende en de vele tientallen etages om me heen keken vijandig op me neer, nee, vijandig is niet het goede woord. Onverschillig, maar machtig, zo lag de straat erbij. De keien glinsterden. Ik hoorde mezelf haastig weglopen. Ik was eindelijk in een echte, grote stad.

De Tollensstraat is er nog steeds, maar de negentiende-eeuwse panden zijn afgebroken en vervangen door blokkendoosnieuwbouw die alweer een sleetse indruk maakt. Stalen balkonnetjes, afbladderende verf, prikkeldraad langs regenpijpen, paddenstoelen tussen de stoeptegels. De straat straalt niets meer uit, tenzij je er natuurlijk bent om met vrienden de oprichting van een tijdschrift te beramen. In dat geval kan het een onvergetelijke straat worden, zelfs als het tijdschrift er nooit komt.

Kapper

'Je moet naar de kapper, jongen.'

'O ja?'

'Ja, het is veel te lang.'

'O. Ja, nou ja, dat klopt wel. Maar ik kom er niet aan toe. En bij de kapper moet je praten. Daar houd ik niet van.'

'Neem een andere kapper.'

'Hoe kom je aan een kapper? Weet jij het? Heb jij een goeie kapper die niets zegt?'

'Ik heb een heel leuke kapper, ja. Maar hij praat wel.'

'Daar heb je het al. En waarover praten jullie dan?'

'Over alles. Het leven. Zijn vriendin. Mijn werk. Het weer. Andere klanten. Weet ik veel. Je lult gewoon wat.'

'Dat is het hem juist, dat lukt mij niet.'

'Stel je niet aan, man, je kunt lullen als de beste.'

Dit soort gesprekken spelen zich in mijn hoofd af als ik naar de kapper moet. Het is eigenlijk altijd een probleem geweest. De kapper. Zou ik zijn opgegroeid in het verkeerde tijdvak? Toen ik jong was, zeg een jaar of veertien, vijftien, was lang haar een *statement*, wat zeg ik, een daad van burgerlijke ongehoorzaamheid. Je had er daverende ruzies met je ouders voor over. Maar uiteindelijk ging je toch.

Kort, maar gedekt.
Bloempotkapsel.
Alleen de dode puntjes.
Dat soort uitdrukkingen hielden verband met de kapper, en daarom alleen al was het een verschrikking. Wat de zaken nog verder compliceerde, was dat de kapper geen begrip had voor het standpunt van een onwillige klant. Met sadistisch genoegen hanteerde hij de schaar. Nu ik het me voor de geest haal: het kan ook Freud zijn die aan de basis van mijn kappersprobleem staat. Alleen al het geluid van de schaar, je denkt toch onwillekeurig aan alle andere dingen die een schaar kan afknippen.
Enfin.
Met het klimmen der jaren (een fijne uitdrukking waar het puffen en zuchten in doorklinkt) ben ik de kapper toch anders gaan zien.
Om te beginnen is hij een zij geworden; ik laat me liever door een vrouw knippen dan door een man. Dat is ook vrij normaal, het onderscheid tussen dames- en herenkappers is verdwenen.
Ten tweede is het ook voor mannen gewoon geworden hun uiterlijk te verzorgen. Dat was het natuurlijk altijd al, maar vroeger was het strikt genomen alleen maar hygiëne, zoiets als je handen wassen voor het eten, een vorm van beschaving, en tegenwoordig is het iets om het eigen ego mee te strelen dan wel op te krikken. Vandaar dat je ook zulke vreemde kapsels ziet; iedereen wil zich onderscheiden van anderen. Iedereen is uniek, en niemand gewoon gewoon.
Ten derde ben ik het nu die zegt hoe ik het wil. De kapper, met andere woorden, is geen vijand meer, maar iemand wiens vaardigheid ik kan inkopen. Allemaal vooruitgang, maar toch knaagt er nog altijd iets als ik naar de kapper moet.

Alsof je iets verliest.

Je identiteit inlevert.

Cruciaal is het moment dat de kapper klaar is en met de handspiegel de achterkant van je hoofd laat zien. Daarna reken je af en vervolgens stap je voor het eerst met je nieuwe kapsel de straat op. Dat voelt, eerlijk is eerlijk, alsof je naakt bent. Ineens zijn alle ogen op je gevestigd, ook als niemand naar je kijkt. In je nek voelt het koud aan, alsof de wind het ineens speciaal op jou heeft voorzien.

Onwennig, je heel erg bewust van jezelf, loop je naar huis. Ja, een bezoek aan de kapper stemt nederig. Nieuw haar, een ander hoofd, een kopje kleiner, een ander mens. Het duurt gelukkig nooit lang; na een dag hoor je niemand meer over je kapsel en is alles weer bij het oude.

Ploeteren

Het leven is ploeteren. Heb je net Sinterklaas achter de rug, moet er een kerstboom in huis komen. En het wonder is dat we dat altijd allemaal tegelijk willen, dus ineens zie je overal jonge vaders op kinderbakfietsen met een kerstboom erin. Verborgen tussen de takken zit vaak ook nog een huilend kind. En de kans is groot dat papa op de bok ook nog zit te bellen – mama vraagt of hij even langs de slager wil gaan. 'Doe ik!' roept pap dapper, en even later schuift hij aan bij de diervriendelijke slager. Op de stoep ziet het zwart van de bakfietsen (met bomen). Een bejaarde dame op een scootmobiel kan er nauwelijks langs. Ze moppert zoals alleen oude Amsterdamse dames dat kunnen.

Dit alles in de stromende regen.

Elders steekt een jong stel, allebei achter in de twintig, een drukke straat over. Tussen hen in dragen ze een kerstboom van een meter of twee. Zij loopt voorop en hij volgt. Zij draagt de top waar straks de piek op zal prijken, hij het kruis. Dom dat ze geen boom met een kluit hebben genomen. Maar dat terzijde.

En ze hebben, zo blijkt, ruzie.

Een mooi gezicht, overigens: een ruziënd stel op een zebrapad. Wij warm in de auto achter de knus heen en weer zwiepende ruitenwissers, zij buiten in de regen. Aan de overkant gekomen, laat zij de boom los om haar woede met armgebaren kracht bij te zetten. Of misschien wil ze zeggen dat hij het maar uitzoekt met zijn kutboom en loopt ze zo meteen met boze passen weg. Maar nee, ze blijft staan. Als hij erachter is gekomen dat hij toch wel een erg lullige figuur slaat, zo met dat kruis van die boom in zijn handen, laat hij de boel vallen.

Ondanks hun leeftijd (het is een jong stel, op de drempel van hun eerste kind, ze hebben al een leuke etage gekocht) is het duidelijk dat de vrouw de broek aan heeft. Dat is in alle relaties zo, maar we zijn geneigd het te vergeten. De vrouw gaat de man er flink van langs geven, zien we nu. Ze moet opschieten ook, anders springt ons licht op groen en moeten we verder. Ze heeft alles op een rijtje, en begint aan een toespraak. Hij sputtert nog even tegen, maar vervolgens gaan zijn schouders hangen.

Dit werkt als een rode lap (als een vrouw iets niet wil, is het een zacht ei als man) en zij gooit er nog een schepje bovenop. De man propt nu boos zijn handen in zijn zakken. Het ontbreekt er nog aan dat hij gaat stampvoeten. Uiteindelijk komt dan het moment dat zij haar stoom heeft afgeblazen, en dan kan alles weer zijn gangetje gaan.

Zo verloopt het hier ook. Zij bukt zich en slaat een hand om de boomtop heen. Hij volgt het voorbeeld met enige vertraging en tegenzin, en heeft dan ook de boom weer te pakken. Ze vervolgen hun weg in het tempo dat zij aangeeft, vrij straf; de boom als een trofee tussen hen in, een geschoten zwijn, of een ree. Wij zouden eigenlijk even moeten toeteren, bij wijze van felicitatie, maar achter ons klinkt al een claxon; of we maar even op willen schieten, het licht staat op groen.

En gas geven we, want we hebben nog een hoop te doen op deze vreselijke dag. Het moderne leven is ploeteren. Dat was het leven altijd al, maar vroeger (het woord dat verboden zou moeten worden) ploeterde men om het hoofd boven water te houden. Ons geploeter steekt er schamel bij af: kerstbomen, stukje vlees van de diervriendelijke slager, fietsen door de regen, ruziemaken in de regen. Dit alles met een warme, gevulde buik. Het is eigenlijk pathetisch.

Snikzwaag

Beetsterzwaag, Zwaagwesteinde en Kollumerzwaag, plaatsen in Friesland die ik ken. Snikzwaag daarentegen – nooit van gehoord.

Snikzwaag.

Onderweg naar Akkrum kwam ik iets ten noordwesten van Joure langs een sloot waar dikke wolken damp van afsloegen. Daarna passeerde ik een fris geschilderde picknickbank met een knalgele prullenbak, en toen het bord waarop het stond. Snikzwaag. Het kan aan mij liggen, maar er ging onmiddellijk iets door me heen, en prompt werd ik ook nog op mijn wenken bediend, want wat stond er op de hoek van de smalle weg die naar Snikzwaag ging? Een kruis voor een verkeersdode.

Katharina.

Vijftien jaar.

30-5-2001.

Een wit kruis, versierd met een grote, plastic vlinder en aan de voet een oude pop van Ernie, de vriend van Bert, zoals bekend. De seizoenen hadden hun werk gedaan; er was nauwelijks nog iets van Ernie over. Alle kleur verloren, maar nog steeds had hij zijn grijns. In de verte stond de Douwe Egberts-fabriek in Joure te roken.

Snikzwaag.

Aanvankelijk dacht ik dat het uit één enkel huis bestond, een eenvoudig wit huis met een rommelig terrein eromheen, een paar schuren, oude auto's, onkruid, modder, een droogmolen zonder was, een vlaggenmast met een wimpel van de Friese vlag, maar dat bleek toch niet het geval.

Er was verderop ook nog een smal weggetje. Er stond een klokkenstoel langs, een houten toren met daarin een grote klok, op een piepklein begraafplaatsje met een sloot eromheen, een soort van eilandje voor de doden. Het hek was gesloten, ik kon niet controleren of hier het graf van Katharina was, al zes jaar dood.

Langzaam vervolgde ik mijn weg, langs een paar klassieke boerderijen, vette weilanden, een gehakseld maïsveld en een mesthoop die betoverend lekker rook – voor wie van mest houdt, en dat bleek ik te doen. Twee zwarte paarden keken verbaasd hoe ik de mestgeur opsnoof.

Heel zwart waren ze.

Dat kwam ook door het weiland, dat ontzettend groen was, echt ongelofelijk groen, alsof het kunstgras was, schitterend uitgelicht door filmlampen. Maar dat alles was niet het geval. Het gras was gewoon gras en het bevond zich onder een zilvergrijze hemel. Een fuut dook kopje-onder in de sloot, een reiger vloog op.

Snikzwaag.

Iets van een snik voelde ik wel in me opkomen, eerlijk gezegd. Dat alles een naam heeft, kan mij geweldig ontroeren. En er was Katharina natuurlijk, ik zag haar fietsen op een mooie middag in mei en gegrepen worden door een vrachtwagen. Ik zag haar oversteken, een vriendinnetje van de dochter van de mensen in het huis op de hoek.

Een boerenzoon in een Toyota met verlaagd chassis stuift op haar af. Intussen snoof ik die zure, maar toch ook stoere mestlucht op, en hinnikte een van de paarden.

Verder maar weer.

Na een kilometer of wat was Snikzwaag voorbij. Meer dan de klokkenstoel, wat boerderijen, de hoek met het kruis voor het meisje, de bushalte, een paar sloten, wat geknotte wilgen en vergezichten over weilanden was het niet geweest. De smalle weg kwam weer uit op de doorgaande weg naar Akkrum. Er stond opnieuw een vervallen bushuisje. Broek-Noord heette de halte, naar een gehucht aan de andere kant van de weg. In het huisje stond een damesfiets van het merk Juncker; tassen, handremmen. De ANWB-paal wees naar Akmarijp en Terkaple. En naar Snikzwaag dus, waar ik net was geweest.

Bloemetje

Je ziet wel eens een man die een bloemetje koopt. Alleen die uitdrukking al: een bloemetje kopen. Het mooiste is een wat droevige man die een bloemetje koopt.

Ideaal is het als aan de aankoop net iets te veel twijfel voorafgaat. Welk boeketje zal het worden? Waar houdt ze van? Op zo'n moment schiet meestal een verkoper toe. Een andere klassieker is de man die zonder enige vorm van reflectie, bijna woedend, zal ik maar zeggen, de eerste de beste bos bloemen uit de emmer trekt. Hier heeft iemand iets goed te maken wat hij liever niet goed zou willen maken.

Laatst trof ik bij een benzinestation een man die een bloemetje kocht. Het was op een zondagochtend, en de winkel van het station stond vol emmers bloemen, boeketten, bossen tulpen, ja, zelfs bloemstukken waren er; alles keurig in cellofaan, zakje Pokon erbij.

De man van het bloemetje was achter in de vijftig en was helemaal gekleed op de vrije tijd: Dockers-broek, versleten buttondown overhemd zonder das, een rood wolletje eroverheen. Van Bommel-schoenen, colbertje met leren stukken op de elleboog. Hij had zwierig, grijs haar dat in de nek iets te lang was. Buiten bij pomp 12 stond zijn witte Citroën Xsara. De auto had zijn beste tijd gehad, maar zag er toch nog keurig uit.

De man besteedde de nodige aandacht aan zijn bloemetje. Een paar keer tilde hij een boeket uit een emmer en hield het druipend omhoog om het eens goed te bekijken. Uit zijn blik viel niet op te maken of hij verstand had van bloemen, of dat hij keek met de ogen van zijn moeder; voor haar waren de bloemen bestemd.

Dat kon bijna niet anders.

Een man alleen (er wachtte niemand op hem in de Citroën Xsara) koopt niet op zondagochtend onderweg naar huis een bloemetje voor zijn vrouw. Waar kan zo'n man bovendien geweest zijn? Evenmin is een man alleen op zondagochtend op weg naar zijn minnares. Ziekenhuizen hebben op zondagochtend geen bezoekuur. Dus bleef de moeder over. Daarbij: zo zag de man er ook uit. Alsof hij naar zijn oude moeder ging. Waar zie je zoiets aan? Ik zou het niet weten. Nou ja, aan de droevigheid.

Na een paar boeketten had de man het bloemetje te pakken dat hij zocht en nu begaf hij zich tussen de schappen met snoep, koek, chips en andere lekkernijen. Vrij snel kwam hij weer tevoorschijn, een pakje Sultana in zijn hand.

Die heeft niet ontbeten, schoot het door me heen, en ik keek op de klok: tien over negen. Onmiddellijk daarna zag ik het hele leven van de man voor me. Gescheiden, een appartement in Rosmalen of Best, zo'n soort plaats, af en toe een poging om te daten, twee volwassen kinderen die hem zelden bellen, een ex die het goed voor elkaar heeft in het mooie huis waarin hij haar heeft achtergelaten, en een oude moeder die ziek is en in een verzorgingstehuis woont. In feite het enige reisdoel dat hij nog heeft in het leven.

De man rekende af (ik stond achter hem in de rij) en toen hij klaar was en naar de uitgang liep, ging in zijn binnenzak een mobiele telefoon af. 'Jaah,' hoorde ik hem nog net met klagerige, wat boze stem zeggen toen hij door de automatische schuifdeuren verdween, 'ik ben er bijna.' Hij verbrak, zo te zien, abrupt de verbinding en marcheerde naar zijn Citroën Xsara. Die kwam na twee keer starten op gang, en toen reed hij weg. Ach, mannen, dacht ik.

Blos

Een strakblauwe hemel, een felle zon, rijp op de velden, teder ijs op de sloten, januari. En in de stad: koude straten en warme hoeken, hier en daar een terras. Een dag voor gezonde blossen. Rode konen, een kleur op de wangen.

Een blos ontstaat door inspanning. Fietsen, hardlopen, schaatsen, skiën, zelfs wandelen. De vaten in de huid verwijden zich om de warmte kwijt te kunnen. Hoe groter het verschil tussen lichaamstemperatuur en de kou buiten, hoe afgetekender de blos. Niets mooiers dan je eigen kinderen met een blos op de wangen.

Andermans kinderen mag ook.

Jonge vrouwen met een blos – pico bello. Zelfs mijn oude buurman staat een blos goed. In ieder geval beter dan een neus waaraan zo'n druppel van verkoudheid hangt. Toch is een blos vrouwelijk, vind ik, maar dat zal komen doordat dames een blos ook met poeder aan kunnen brengen.

De blos is verwant aan het blozen. En blozen is voor veel mensen een probleem. Ik wist dat eigenlijk niet, maar op zoek naar de blos tikte ik *blozen* in bij Google, en floep: daar ontvouwde zich de ellende.

Bloosangst?

Meld u bij MindTuning.nl. Dat klinkt alsof de geest een auto is die met een paar extra chips en een bredere uitlaat ineens een stuk sneller gaat. Of ga naar het Fobiespreekuur.nl. Daar wordt het al enger: pleinvrees, smetvrees, liftangst, dat soort zaken. Nee, dan liever naar Huidinfo.nl. Droog en zakelijk, daar zou ik met bloosangst naartoe gaan, eerst maar eens de feiten checken.

Of naar www.verlegenmensen.nl.

Het kan aan mij liggen, maar ik vind het mooi dat er speciaal voor verlegen mensen een website is, vast en zeker opgezet door andere verlegen mensen. Ja, dat internet, het heeft ook z'n voordelen. Tenzij je als verlegen mens te verlegen bent om verlegenheid in te tikken bij Google. Dan zou ik alsnog naar Fobiespreekuur.nl gaan.

Je kunt met je bloosangst ook meteen een paar stappen overslaan natuurlijk en je emotioneel compleet laten bevrijden door Jan Heering en zijn Morpheus-methode. Maar uiteraard biedt Gezondheidsplein.nl ook uitkomst, en tot slot is er Allesoverblozen.nl.

Daar tref je alleen niets over de blos.

In Van Dale wordt de blos zo omschreven: '1: natuurlijk rood op het aangezicht (de blos der jeugd, der gezondheid). 2: door een emotie of wel door ziekte (koorts) sterk verhoogde gelaatskleur (de blos der schaamte). 3: rode gloed, donzig waas (op vruchten).'

Tegen Van Dale zou ik niet graag iets in willen brengen, maar de blos die ik bedoel, de blos die ik gisteren overal zag, de blos in volle glorie, de blos van blonde meiden en oude mannen op de drempel van de dood die toch weer moed hebben gevat, de blos als icoon van gezondheid en Hollands welvaren, tref ik in bovengenoemd trio niet aan, nou ja – hij valt onder het natuurlijk rood op het aangezicht. Zo waar als dat is, zo weinig is ermee gezegd.

Tot slot (we slaan de schaamte en de koorts maar even over): de fruitige blos. Daarmee opent Van Dale een onverwacht vergezicht, vooral richting de perzik; die prachtige vrucht die een donzige schil heeft, zo zacht dat vrouwelijke wangen en babybillen er soms mee worden vergeleken.

Het was ook daar gisteren een ideale dag voor, het zoete sap langs je kin voelen lopen, het vruchtvlees smeltend in de mond, alleen was het geen perzikentijd. Dan maar weer naar buiten, dus. Blossen kijken en blozend in de winterse zon dromen van de dagen die komen gaan.

Fluiten

Het overkomt mij wel eens dat ik op zaterdagochtend rondscharrel op het eigen erf en mezelf ineens hoor fluiten. Ik ben geen goeie fluiter, dat moet ik er meteen bij zeggen. Al rommelend en klooiend op het erf ben ik lekker bezig, zoals het hoort op zaterdagochtend. Een beetje door de modder batsen, hekken repareren, waterputten slaan, dat soort eenvoudige klussen. Tot ineens mijn vrouw, die ook fijn bezig is, me hardvochtig vraagt: 'Heb je aandacht nodig of zo?'

Heb ik aandacht nodig?

En wat zou ze met 'of zo' bedoelen? Dat is misschien nog wel interessanter. Ik kijk haar verbaasd aan. Of ik nog steeds een deuntje fluit, staat me niet helder voor de geest. Ik vermoed van niet. Ik heb wat fluiten betreft overigens een beperkt repertoire, flarden van een paar liedjes, en meestal fluit ik voortdurend hetzelfde. Het begin van 'Non, je ne regrette rien', bijvoorbeeld, duizend keer achter elkaar. 'Hoezo, schat?' vraag ik. Wat ziet ze er bekoorlijk uit in haar nauwsluitende overall met ritsen.

'Mannen die fluiten, willen aandacht,' verklaart ze. Zij kan soms dingen met grote zekerheid voor het voetlicht brengen, dat moet ik erbij zeggen. Er ontstaat nu een nieuwe situatie, alsof een wolk voor de zon is getrokken: een zekere vertwijfeling neemt bezit van me. Was ik me eerst nog nergens van bewust, nu zou het zomaar kunnen dat ik al fluitend op aandacht uit was. En dat dan zonder het te weten, anders had ik mijn vrouw wel in het voorbijgaan een keer keurend op een bil geslagen. Of zou ze een ander soort aandacht bedoelen? Wil ik door te fluiten gewoon dat ze naar me kijkt; is het fluiten een soort oergeluid dat vrouwtjes lokt? Iets wat we van de apen hebben? Zijn er wel fluitende apen? Daar sta je dan.

Heb ik aandacht nodig? Er is eigenlijk geen lulliger vraag. Maar nog lulliger is het om niet te weten dat je die aandacht graag zou willen en dan maar gaat fluiten. En wat nou aandacht? Wat voor aandacht dan? Sodemieter op met aandacht! Een fijn gesprek? Een ontbijt bij kaarslicht? Een goede controle van mijn rug op mee-eters? Dat laatste zeker niet. Gek overigens, dat je als man je vrouw altijd zo'n plezier kunt doen door haar je mee-eters uit te laten knijpen. En hoe fijn ze het dan vindt om het resultaat op het puntje van haar nagel aan je te laten zien. Het bewijst toch maar dat er in iedere vrouw een beest schuilt, of zoiets.

Maar daar kan het de fluitende man niet om gaan – hij loopt niet fluitend aan zijn rug te denken. Sterker nog: de fluitende man denkt helemaal aan niets. Hij fluit gewoon. Of nog erger: hij fluit en weet niet eens dat hij fluit. Hij maakt alleen maar geluid. Wie geluid maakt, bestaat. En wie bestaat, weet soms niet eens dat hij geluid maakt. 'Weet je het zeker?' vraag ik dus aan mijn vrouw.

Ze leunt op haar schop. Dat kan ze goed. Er is geen vrouw die zo schitterend op een schop kan leunen. Dat heb ik dan weer. Wat dat aangaat, ben ik een bofkont. 'Zeker?' herhaalt ze me. 'Natuurlijk weet ik het zeker. Als ik iets niet zeker weet, wie moet hier dan anders iets zeker weten?!?'

Kijk, dat zijn van die woorden die ik graag mag horen. Ik knik en ga verder met mijn werkzaamheden. Na een tijdje hoor ik mezelf weer fluiten. Ik geloof niet dat ik op aandacht uit ben, maar ik voel me wel hardleers en mannelijk. Dat gaat wat worden vanavond in de bedstee.

Poëzie

Er zijn van die dingen die niet belangrijk zijn, maar wel tot een hoop gepieker kunnen leiden. Neem nu dit.

Lange tijd was er op een viaduct in Friesland de volgende tekst te lezen: *Saapke is wie ik wil.* Om precies te zijn: wie uit de richting van Bergum kwam en over de N356 naar Drachten ging, reed er recht tegenaan op het punt waar de N31, de beroemde Waldwei, de N356 overspant.

Saapke is wie ik wil.

Een intrigerende tekst.

Allereerst is er die naam, Saapke. Zo'n mooie, Friese meisjesnaam à la Aatske, Tryntsje, Foekje, Rurdke, Baukje, Eabel. Saapke – dat moet blond en fors zijn, en de kunst van het melken nog verstaan. En dan is er de formulering: is wie ik wil.

Wie ik wil.

Ja, poëzie.

De duidelijkheid ook: de schrijver wil geen Fepke, geen Pike, Wabke, Heikje, Dirkje of Beike – nee, Saapke is wie hij wil. En dat niet alleen: hij getuigt er ook nog luidkeels van. Op een viaduct, plek bij uitstek voor gedichten uit het dagelijkse leven. Saapke komt er iedere dag langs. En hijzelf ook. En zijn vrienden en Saapkes vriendinnen ook.

'Daar komt Saapke,' mompelt de trouwe gebruiker van de N356 als hij in de verte de Waldwei ziet naderen. Zo'n tekst immers wordt een soort van baken: je raakt eraan gehecht, je verheugt je erop, vanaf Saapke is het nog precies twintig minuten naar huis. En voor wie Saapke niet persoonlijk kent is het baken het allermooist – want altijd vraag je je dan even af wie Saapke is, wie haar vrijer of aanbidder is die op zijn buik liggend op het viaduct de tekst heeft geschilderd, hoe het met ze gaat, et cetera. Hoe vaker je voorbijkomt, hoe meer het een verhaal kan worden.

Sinds kort is de tekst gewijzigd. Het laatste woord van de trotse hartenkreet is veranderd. Er staat nu Saapke is wie ik wou. Ik zou willen dat ik de N356 iedere dag bereed, dan zou ik exact kunnen vertellen in welke nacht het woord wil is overgeschilderd met het boze *wou*. Maar helaas: Drachten, Bergum en de Waldwei liggen ver van huis. Het kan zomaar maanden geleden zijn gebeurd.

Wat is er gebeurd?

De belangrijkste vraag is natuurlijk: heeft de schilder Saapke ooit gekregen? Schilderde hij zijn kreet toen hij nog geen verkering met haar had? Kwam de liefde tot bloei dankzij de hartenkreet, of ging hij aan het schilderen toen hij en Saapke al lang en breed samen waren? Was het een soort bezegeling van hun liefde?

Zou Saapke hem vergezeld hebben die nacht toen hij ging schilderen? Stond ze, romantischer kan het toch niet, op de uitkijk? Was het een winderige, koude avond in het najaar, of juist een zwoele zomernacht? Allemaal vragen die beantwoord zouden kunnen worden door de aanbidder van Saapke, en natuurlijk door Saapke zelf.

Maar het is dus misgelopen tussen hen. Op zijn minst, als de schilder haar nooit heeft gehad, is het verlangen naar Saapke gedoofd. En kennelijk is er nog niemand voor haar in de plaats gekomen, anders had hij de naam Saapke kunnen overschilderen. Met Abichje. Of Japke. Met Dieuwke, Doetsje, Hamke, Pienkje of Weitske.

Maar nee, de schilder is nog eenzaam. En hij wil Saapke ook een beetje straffen, en zichzelf misschien ook wel. *Saapke is wie ik wou*. Waarom trouwens niet gewoon wil in wilde veranderd? Ook dat geeft weer te denken, maar zoals ik al zei: vooral over onbelangrijke dingen is het fijn tobben.

Moekesgat

We leven in bange dagen. Als ik het NOS *Journaal* moet geloven. Daarin was een item te zien over moslims die het tegen Geert Wilders op willen nemen – alles in het nette natuurlijk, want zulke moslims waren het, frisse jongens en meisjes die in debat willen en naar de rechter als hun iets niet bevalt.

Om het contrast tussen deze jongelui en de Mozart van Venlo extra te benadrukken, waren de beelden van Wilders door de NOS in zwart-wit gedompeld, en verdomd als het niet waar is: hij zag er ineens een stuk enger uit. Het lijkt me dat de publieke omroep deze manier van onderscheid tussen goed en kwaad vaker moet gebruiken.

Intussen is er de website die Wilders voor zijn film in cyberspace heeft gelanceerd. Geert Wilders presents, staat er. Onwillekeurig denk je dan aan een jongensdroom die uitkomt. Eindelijk, daar staat mijn naam op het grote, witte doek. Gevolgd door: *coming soon*. Daar moet ik eerlijk gezegd een beetje meewarig om lachen. *Coming soon*.

To a theatre near you, hoort er dan eigenlijk bij te staan. Maar Wilders' film zal helemaal nergens vertoond worden: geen enkele zender wil hem hebben, en het lijkt me sterk dat hij in de bioscoop komt. Dat zou overigens wel een goeie impuls voor het bioscoopbezoek zijn. Eindelijk weer eens rijen voor de kassa.

Dan is er het handen schudden dat de PvdA verdeelt. Volgens Job Cohen en Jan Pronk moet het mogen dat om religieuze redenen geen handen worden geschud. Volgens drie dissidenten in het stadsdeel Slotervaart is het van de gekke. Wouter Bos lijkt aan hun kant te staan; hij riep vorige week op tot meer polarisatie en minder theedrinken. Maar Wouter kennende kan hij inmiddels van gedachten zijn veranderd en heeft hij het verplichte handen schudden ingeruild voor tongzoenen.

Het is wat, al met al.

Er gebeuren, je zou het bijna vergeten, ook nog andere dingen in het koninkrijk. Zo ging er in de Groningse uithoek Ter Apel (gemeente Vlagtwedde) een stem op die het plaatselijke openluchtzwembad Moekesgat van naam wilde doen veranderen. Toen ik het las, dacht ik meteen aan een boerkinizwemster met een mooie achternaam, zeg Buitelaar, maar het bleek te gaan om een christenpolitica die zich levendig kan voorstellen dat opgeschoten jongens en shag rokende kampeerders bij Moekesgat alleen maar aan de dikke reet van hun moeder denken.

Zulke associaties moeten in de knop worden gesmoord, en daarbij geeft zo'n naam als Moekesgat Ter Apel ook nog eens een beroerd en achterlijk imago. Stel je voor dat eenzame rukkers uit heel het land met hun Ford Mondeo naar Ter Apel komen om aan de boorden van Moekesgat hun droeve werk te verrichten! Dus stelde de christenpolitica voor de naam te veranderen in Moekespark.

Helaas, de bevolking heeft het idee afgewezen. Een eenvoudige enquête per internet leverde 1200 antwoorden op. Een krappe 100 Ter Apelaren waren voor Moekespark, 1100 zielen kozen voor Moekesgat. De christelijke politica wilde voor de camera's van RTV Noord niet reageren op haar nederlaag, die een overwinning is van het gezonde verstand en het geloof in tradities. Moekesgat, dat is nog wel leuk om te weten, heet overigens Moekesgat omdat het openluchtzwembad is aangelegd op een plek waar ten behoeve van zandwinning voor een spoordijk door de firma Moeke ooit een diep gat is gegraven.

En dat brengt me, tot slot, bij de verhoogde terreurdreiging die Tjibbe Joustra heeft afgekondigd. Dat werd tijd ook, Tjibbe, potverdorie, het zijn niet voor niets bange dagen – dan moet er olie op de golven.

Samenleving

Het was zondagochtend. Twee vrouwen kwamen mij tegemoet gehold in het Vondelpark. Links en rechts stond van alles voorzichtig in bloei. De dames hadden er al een rondje op zitten. Alles wat kon schudden, schudde uitbundig: ook een voorschot op de lente. De een droeg het blonde haar los, de ander had het in een kek staartje gebonden. Ze namen al hollend het leven door.

'Ik zou wel weer eens een leuke man willen,' hijgde het losse haar toen ze mij passeerden. Het sloeg niet op mij, want ik ben niet leuk, en bovendien: de dames zagen mij niet eens staan; lucht was ik.

Ik hoorde de ander 'Joh!' kreunen (er klonk enige afgunst in door), toen waren ze al voorbij. De geur van hun zweet bleef nog even bij me hangen. Lekker, eerlijk gezegd.

Daarna dacht ik aan de samenleving van Jan Peter Balkenende en Doekle Terpstra. Inderdaad: een vreemde overgang. Ik stond er zelf ook van te kijken. Maar het kwam door een interview dat Jan Peter aan *de Volkskrant* had gegeven. Wel tien keer had ik het gelezen, en iedere keer leek er minder te staan. Het enige wat was blijven hangen, was het woord 'samenleving', door Balkenende, volgens de interviewers, uitgesproken als *sameving*.

Proef de verbastering.

Sameving, sameving.

Ik heb wel eens het gevoel dat ik in een andere samenleving vertoef dan het kabinet en zijn leider. Kent u dat gevoel? Zo'n Balkenende: overal waar hij komt, ziet hij het zaad van hoopgevende ontwikkelingen ontkiemen. Oude wijken, scholen, bedrijven: overal zijn de mensen eendrachtig en met wederzijds respect bezig met de toekomst. Zou het door de Here Jezus komen?

Ik vrees het wel eens. Gelovigen zijn altijd blij; hun kostje is immers gekocht. Gelukkig was er in het interview ook een donker wolkje aan de horizon: Geert Wilders. Die verpest de sfeer. Door zijn taalgebruik en zijn film zouden de spanningen in de samenleving wel weer eens op kunnen lopen. Dat brengt de verbondenheid en dynamiek in de samenleving in gevaar, in ieder geval de verbondenheid en dynamiek in de sameving van Jan Peter.

Dan Doekle.

Naar verluidt ziet Doekle Terpstra zichzelf als de kroonprins van Balkenende. Sinds zijn beweging, die ergens voor is, en zijn bemiddelingswerk in het cao-conflict tussen Ter Horst en de politiebonden heeft de voorzitter van de HBO-raad de smaak helemaal te pakken. Hij evalueerde laatst in *Trouw* dit kabinet. De kop boven het stuk was veelzeggend: 'Mep maar eens stevig terug naar die samenleving.'

Jan Peter heeft zijn hoogst particuliere beleving van de samenleving, hij leeft zogezegd in zijn eigen illusies, maar zijn zelfbenoemde opvolger gaat nog een stapje verder: Doekle ziet de samenleving als tegenstander van de politiek, als vijand. De mensen verwachten te veel van de politiek, dom als ze zijn, en als er niet wordt geleverd, worden ze cynisch en kritisch, en de media vergroten dat ook nog eens uit. De samenleving is in Doekles beleving een monster dat getemd moet worden, en als het zich niet laat temmen, moet de baas de hond afsnauwen.

Tsja.

Ik was er inmiddels bij gaan zitten, op een bankje. De samenleving ontvouwde zich voor mijn ogen. Jonge gezinnen met kinderen, bejaarden, dames met hondjes, een joggende, al wat oudere Marokkaanse man inclusief baard en mutsje, geüniformeerde toezichthouders met enorme reten, daklozen met halve liters bier. Het wachten was op mijn twee blonde dames; als ik maar lang genoeg bleef zitten, kwamen ze beslist nog een keer langs. Hé, daar zag ik ze al. Ze hadden de wind er nog steeds goed onder.

Fluiten (2)

De fluitende vrouw. Dan zie ik meteen rubberlaarzen voor me. En daar houd ik van. Net als van vlechten. En nu ik erbij stilsta: een van mijn dochters, de jongste, fluit ook regelmatig. Niet tussen haar tanden, maar getuit, en vaak als ze in haar eentje een beetje aan het tutten is. Ik hoor haar ook wel eens zingen, nu ik erover nadenk. En een enkele keer neemt ze zelfs achter de piano plaats om een paar liedjes die ze vroeger op les heeft geleerd, te spelen. Ik mag dat graag horen, terwijl ik niet eens zo'n pianofan ben. Maar je eigen kind, ach, al speelt ze trompet of panfluit, het is alles honing in de oren.

Dan is er nóg een manier van fluiten: met de vingers in de mond. De stoerste manier is met de duim en wijsvinger van één hand; ze vormen dan een cirkeltje en waar de vingertoppen elkaar raken, in de mond, komt ook de tong (dubbelgeklapt) erbij kijken. De tweede manier is met de wijs- en middelvingers van beide handen; vingertoppen tegen elkaar, mond open, tong dubbelvouwen, lippen op elkaar en blazen maar. Ik beheers alleen de tweede techniek, helaas.

Ik heb er in mijn jongensjaren eindeloos op geoefend,

tot de blaren op mijn vingers stonden en de spiegel onder het speeksel zat.

Ooit heb ik overigens een rondborstige vrouw gekend die geweldig op haar vingers kon fluiten, keihard. Een wonderlijk wezen, die Zeeuwse; de enige vrouw die ik ooit mocht meemaken die een geweldige fluim in huis had, ik bedoel: dat wat je met een elegante boog uitspuugt na eerst uitgebreid de neus te hebben opgehaald.

Maar dat terzijde.

Het fluiten op de vingers is het exclusieve domein van voetbalfanaten en bouwvakkers. De eerste groep doet het als er iets op het veld gebeurt waarmee ze het niet eens is, de tweede als er op straat iets passeert wat op grote instemming kan rekenen, oftewel een vrouw met lange benen, korte rok, deinende tieten of andere toeters en bellen. Vaak hoor je dat vrouwen dat als een bijna aanrandend geluid beschouwen, maar mij lijkt het toch vooral als compliment bedoeld.

Een beetje basaal, dat wel. Er schuilt bovendien een element van folklore in. Wat me pas echt erg lijkt is als vrouw helemaal nooit nagefloten te worden op straat. Het zal je gebeuren; ik zou aan mezelf gaan twijfelen.

De eerlijkheid gebiedt te zeggen dat ik zelf al zeker 28 jaar geen vrouw op straat meer heb nagefloten. Ik zou willen dat ik hier kon verhalen over de laatste keer dat ik het deed, maar helaas, de details zijn me ontschoten. Het was vlak voor ik mezelf student mocht noemen, dat weet ik nog wel, want daarna kwam ik met dames in roze tuinbroeken in aanraking, die fel streden tegen alles wat naar seksisme neigde. Ik zwoer het fluiten onmiddellijk af, bang als ik was, en toen ik jaren later over mijn angst heen was, bleek ik geen bouwvakker te zijn geworden, dus had fluiten geen zin meer. Wat niet wegneemt dat ik me wel eens omdraai op straat als ik een mooie vrouw zie lopen. Sterker: ik ben wel eens tegen een lantaarnpaal gefietst, zo scheef zat ik op mijn rijwiel. Daarover, en over tuinbroeken, okselhaar en verplichte cunnilingus, een andere keer. Nu eerst een potje fluiten.

Uitwedstrijd

De jongeman had dik, donker haar, achterovergekamd, nog glinsterend van de douche en iets te lang in de nek. Hij zat aan een tafeltje *De Telegraaf* te lezen. Koffie verkeerd erbij, telefoon onder handbereik op een pak nog te lezen kranten, op een lege stoel. De zon piepte net boven de huizen uit. Het was een uur of drie. Om hem heen was het terras vol. Scooters knetterden voorbij, een witte Land Rover draaide rondjes door de buurt op zoek naar een parkeerplaats. Jonge stellen waren aan de wandel met hun pasgeboren baby. De postbode deed zijn werk. Een mooie zaterdagmiddag in Amsterdam, in een buurt vlak bij het centrum.

'Hé, hallo,' klonk ineens de wat schorre stem van een blonde vrouw. Of was het een meisje? Ze was ergens halverwege de twintig. Type hockey, goede achtergrond, advocatuur. Zonnebril op de neus. De jongeman bood haar een stoel aan, hij pakte zijn kranten er al af, maar ze wilde niet zitten. Ze moest door, ze had een afspraak. Ze nam wel haar zonnebril even af, want ze wist hoe het hoorde.

'Wat zie je eruit, zeg,' zei de jongeman.

'Ik heb maar een paar uur geslapen,' antwoordde ze nonchalant.

'Wel onder begeleiding toch?'

Het meisje knikte. 'Een uitwedstrijd,' zei ze, 'geen been dicht gedaan.'

De jongeman knikte begrijpend.

'En jij?' vroeg het meisje. Ze maakte een onrustige, wat schichtige indruk. Bleek gezicht, wallen onder de ogen, het lange haar ongeborsteld. Misschien had ze wel helemaal geen afspraak elders, maar was ze onderweg naar huis om nog wat te slapen of zich op te knappen voor een afspraak met vriendinnen. Misschien had ze spijt van haar uitwedstrijd en moest ze nu een uur lang onder de warme douche. En dan nog zou de herinnering wel een tijdje aan haar kleven.

'Met mij alles goed,' zei de jongeman monter. Hij nam een slok van zijn koffie verkeerd. Daarvoor moest hij even het oogcontact met het meisje verbreken. Ze zette snel haar zonnebril op.

'Wat doe je tegenwoordig?'

'Niets bijzonders, hetzelfde,' zei de jongeman. 'En jij?'

'Idem.' Ze lachte. 'Nou, ik moet gaan,' zei ze toen snel, 'leuk om je even gezien te hebben. We bellen.' Vrijwel onmiddellijk was ze verdwenen, zo compleet dat het wel leek alsof ze er nooit was geweest. De jongeman nam langzaam een slok van zijn koffie en ging verder met zijn krant.

Een halfuur later zakte de zon achter de huizen. Meteen was het een stuk frisser. De jongeman trok zijn jas aan en bestelde een biertje. 'Om het af te leren,' zei hij tegen de serveerster. Het terras liep leeg, de meeste klanten gingen binnen in het café zitten.

En daar was het blonde meisje weer.

Dat wil zeggen: ze fietste voorbij. Ze had grote haast.

Haar fiets rammelde, een loshangend spatbord, en dat maakte dat de jongeman opkeek van zijn lectuur. Even leek het alsof hij iets wilde roepen, zijn mond ging al open, maar halverwege stokte het voornemen, en de mond klapte bijna hoorbaar weer dicht. Wel keek hij het meisje na tot ze de straat uit was, en er verscheen iets zorgzaams in zijn ogen. Was ze de zus van zijn beste vriend? Een vriendin van zijn eigen zus? Een oude scharrel?

Toen stond hij op om de serveerster tegemoet te lopen. Zij was met zijn biertje naar hem onderweg. Hij nam het glas van haar dienblad en dronk het in één teug leeg. 'Zo,' zei hij, 'die bestaat niet meer.'

Scooters

Toen ik zestien werd, kreeg ik een brommer. Ik had gerekend op een Puch met versnellingen en een hoog stuur, maar het werd een Berini, een lullig damesding dat mijn vader van de buren had gekocht. Hun dochter was achttien geworden, had haar rijbewijs gehaald en van papa een autootje gekregen. Een jaar later gaf de oude, groene Berini de geest en kwam mijn vader met een stokoude Honda-tweetakt op de proppen. Dat was helemaal een vehikel om je dood voor te schamen, al haalde hij met gemak 80 kilometer per uur en maakte hij een keihard knallend geluid.

Onlangs werd mijn oudste dochter zestien en aanvankelijk had zij maar één wens: een scooter, een Vespa, welteverstaan. Andere merken waren absoluut verboden. Als ouders waren wij niet echt voor een scooter. Amsterdam is geen grote stad, je kunt alles makkelijk befietsen. Bovendien rijden er trams. En een scooter leek ons gevaarlijk, plus dat die krengen altijd gestolen worden, of kapot zijn. Maar ik kon mijn dochter ook wel volgen in haar verlangen naar elegante en stijlvolle, gemotoriseerde mobiliteit.

Op een dag bezocht ik een bromfietshuis. Mooi dat het nog zo heette. Het was in een opwelling dat ik er binnenstapte, en eerlijk gezegd voelde ik me een beetje mijn vader: ook een man die nog wel eens een impulsaankoop deed. Ik liet me door een vriendelijke jongen met roots in het Rifgebergte voorlichten over de ins en outs van het scooteren, en toen ik hem ons probleem voorlegde, voerde hij mij naar een klein, licht bromgevalletje dat er in de verte uitzag als een scooter, maar eigenlijk een snorfiets was.

'Dat vindt ze niet hip,' zei ik meteen.

'Maar hij ís wel heel hip,' zei de jongen.

Even twijfelde ik aan mezelf. Niet zo'n beetje ook. Wie was ik om als oude lul verstand van scootertrends te hebben? Die gozer wist het beslist beter. Maar toen viel mijn blik op een oude, maar schitterend gepoetste Vespa die een beetje achteraf tussen de nieuwe handel stond. Dat was het scootertje waarmee Gregory Peck en Audrey Hepburn in *Roman Holiday* door Rome reden, in 1953. Mijn dochter is een groot fan van die oude film. 'En die dan?' vroeg ik. Ik was bereid een enorm bedrag op tafel te leggen voor het lieve Vespaatje. Was het niet voor mijn schat, dan wel voor mezelf, of anders om de machine als kunstwerk in de woonkamer te zetten. 'Niet te koop,' zei de jongen, 'van een verzamelaar.'

Ik overwoog even om het telefoonnummer van de verzamelaar te vragen. Als hij oude Vespa's verzamelde, had hij er een heleboel en kon hij er best eentje missen, zeker als ik diep in de buidel tastte – dat zou hem immers het verder verzamelen mogelijk maken. Maar ik hield me in en verliet het bromfietshuis, om buiten een bekeuring op mijn dubbelgeparkeerde auto aan te treffen.

's Avonds in bed vertelde ik mevrouw Bril dat ik er niet

in geslaagd was een Vespa te vinden voor onze dochter. Het scheelde weinig of ik werd het bed uit gebonjourd, want de scooter was afgevoerd van de verlanglijst.

'Ja, maar, dat wist ik niet,' pruttelde ik wanhopig.

'Let dan ook eens op, man, je mist alles!'

Dat hoor ik vaker, en het is een pijnlijk punt. Wat bleek: onderzoek had aangetoond dat scooters een substantiële bijdrage aan de luchtverontreiniging in de stad leverden, sterker nog: ze waren smeriger dan vrachtwagens. Dat bericht had er bij de dochter (van wie ik niet wist dat zij het nieuws volgde) zodanig ingehakt dat ze geen scooter meer wilde, maar schoenen van een trendy designer. Daarvan kun je veel zeggen, maar niet dat ze CO_2 uitstoten. Wat dat betrof was ik apetrots op mijn dochter. Aan de andere kant: zou ze zich over dertig jaar die schoenen nog herinneren? Moest ik niet alsnog op zoek naar een oude, onschuldige Berini-bromfiets?

Watermolen

Landelijke rust. Het heeft wel wat, en God heeft er de zondagochtend voor geschapen. Schitterend, die landelijke rust. Tot de eerste recreant zich aandient, in dit geval een man op leeftijd, met een forse bierbuik, die op een racefiets zit. Hij draagt een tenue vol reclame en een valhelm. Hij is niet alleen, maar in gezelschap van een collega, maar die is minder dik. Wel even oud: ver in de vijftig. Zo ontzettend oud is dat natuurlijk niet, maar wel te oud om wielrennertje te spelen.

De mannen stoppen.

Ze zetten hun racefiets tegen een boom en lopen naar het terras van uitspanning Bi'j de Watermölle. Hun wielerschoentjes klikken als dameshakken op het fietspad, hun knoestige koppen zijn bezweet. Ze ploffen neer in een stoel, en nemen meteen een wijdbeense pose aan. Misschien hoort dat bij fietsen.

'Zo,' zucht de een.

'Ja,' beaamt de ander.

Daar houden ze het voorlopig bij, zodat de landelijke rust zich kan herstellen. Te horen zijn: mussen, merels en vinken, een zachte bries in de boomtoppen, het hinniken van een paard, een kerktoren in Haaksbergen (een paar kilometer verderop) en het ruisen van het water, daar waar een oude, pittoreske watermolen staat, nog een dubbele ook, links een oliemolen met een rad, rechts een korenmolen met twee schepraderen. Uit 1548 zijn de molens. In de Tachtigjarige Oorlog verwoest, herbouwd in 1634, in 1946 gedeeltelijk weggeslagen door hoog water, in 1950 gerestaureerd.

Te zien zijn (behalve de molen en het bijbehorende bruggetje): hoge eiken, struiken, bospaden, de kolk waarin het water valt, een zandbank daarin, picknickbanken, prullenbakken, een klein huisje dat een bakspieker blijkt te zijn (geschonken door de Rabobank), een paar oude molenstenen, gemeentepaaltjes langs het fietspad, een paar lantarens, een informatiebord dat de toestand verklaart.

Ha, daar zijn de volgende recreanten. Als eerste passeert een jonge vader met een tweeling in een tweezitswandelwagen. Vader en kinderen zijn alle drie even kaal, en bleek. Ze worden gevolgd door een gezin van man, vrouw en drie kinderen, alsmede twee aangelijnde honden. De man draagt de blik van een zwaargestrafte, en een groot fototoestel aan een riem. De kinderen lijken sprekend op hun moeder, die niet de mooiste is, helaas.

Vervolgens arriveert een gezelschap in Perry Sport-kledij gestoken nordic walkers, een stel op een tandem (zij, achterop, kijkt alsof ze al jaren is uitgekeken op zijn brede rug), een jonge vrouw die hollend belt met haar oude moeder en zes motorrijders die, zodra ze hun grommende machines het zwijgen hebben opgelegd, allemaal als eerste naar hun pakje zware shag van Van Nelle grijpen. Sloffend op hun grote laarzen en een sigaret rollend komen ze naar het terras. Hun leren pakken ruiken dierlijk.

Bij een tafel langs de kolk strijkt een echtpaar neer met koffie in een thermosfles.

Over dieren gesproken.

Aan de overkant van het water, de Beerserbeek, lopen een paard en een veulen in de wei. Het veulen is nog erg jong, maar niet zo jong dat de vacht nog nat en plakkerig is. Maar het dier kan nog nauwelijks lopen, nou ja, nog niet zo soepel en logisch als de merrie, die voortdurend rondjes draaft, het veulen naast en achter zich; onzeker, maar al goed in balans, op die stakerige benen met de grote, knokige knieën. Eindeloos lopen moeder en kind rondjes en boven de bosrand betrekt intussen langzaam het zwerk. Vanuit het westen is regen onderweg. De radio voorspelde het al en het gaat inderdaad gebeuren. Aan alles komt een einde, soms te snel.

Geur

Aan de Voorstraat in Buitenpost ligt een stuk van mijn geschiedenis. Ik had daar een oom en tante wonen die in een handel in veevoeders, aardappelen en steenkool bestierden.

Ze woonden in een keurig, ouderwets, typisch Fries burgerhuis, met een klein voortuintje en daarnaast een klinkerpad dat naar het terrein achter het huis liep. Daar stond een oude, vervallen school die ze gebruikten als pakhuis. Aan de andere kant van het pad stond een klein pandje. Daarin was een sigarenmagazijn gevestigd. Het werd gedreven door een kleine dame in een blauwe schort. Haar naam is me ontschoten. Achter de oude school stonden allemaal gammele loodsen: daarin lagen de steenkolen. Naast het terrein: de gereformeerde kerk, waar oom en tante, pake en beppe en alle andere ooms en tantes die ik in de buurt had kerkten.

Oom en tante hadden vijf kinderen; twee jongens en drie meiden. In de tijd dat ik bij hen logeerde, was ik een jaar of twaalf. Mijn neven waren te groot voor me; de oudste negentien, de ander zeventien. De nichten waren achttien, zestien en dertien. Die laatste was het nakomertje.

De oudste neef heette Harry; hij hielp in de zaak. Hij had zijn rijbewijs. De andere neef heette Sytze, hij zat op school en was heel technisch. Altijd met brommers bezig. De nichten: Lut, Rennie en Aukje. Mijn favoriet was Rennie.

De handel in aardappelen, veevoeders en steenkool bracht een hoop activiteit met zich mee. Mijn oom en diens broer en Harry waren de hele dag bezig in de wijde omtrek spullen te bezorgen. Ze hadden daartoe een ouderwetse vrachtwagen met een enorme neus, rood van kleur. Er was ook een blauwe Volkswagen bestelbus. Mijn tante, of nichten, deden de aardappels – de hele dag door kwamen er mensen het erf op die aardappels kwamen kopen. Vijf kilo, tien, vijfentwintig. Beneden in de oude school, die 'het hok' werd genoemd, hing een grote weegschaal. De zakken met de verschillende soorten aardappels stonden eromheen. Ik geloof dat er ook kippenvoer werd verkocht.

Boven de aardappels was een zolder, daar lag ook van alles in jutezakken. Achter de aardappels, en links en rechts ervan, waren oude lokalen waar grote stapels slikkoeken voor koeien stonden, en balen voer in zakken van UTD. Het was voor een jongen van twaalf het paradijs. Overal waren plekjes waar ik stiekem kon roken, bijvoorbeeld, en anders verstopte ik me wel ergens om te fantaseren over de oorlog (mijn oom was in het verzet geweest en na de oorlog in Indië) en over meisjes natuurlijk.

Voor mij als jongen was het het mooist als ik mee mocht op de vrachtwagen, die meestal door ome Jappie, de broer van mijn oom, werd bereden. Ome Jappie was een man waar ik enorm tegen opkeek. Om te beginnen rookte hij als een schoorsteen – altijd North State. En hij had blond haar dat in een woeste kuif onder een nonchalant gedragen pet uitkwam. Hij deed het goed bij de boerinnen waar we langs gingen met de veevoeders. Hij hield verder erg van muziek. In de vrachtwagen stond altijd de radio aan. Het allermooiste was met ome Jappie en mijn oom samen naar Leeuwarden, 's ochtends heel vroeg, om bij de fabrieken van Koopmans en UTD nieuwe voorraden te halen. Ging ik niet mee op de vrachtwagen, dan reed ik met neef Harry of mijn oom mee in het VW-busje.

Die reizen met de vrachtwagen en de bus waren het hoogtepunt van de dag. Als ik geluk had mocht ik ook helpen met het sjouwen van de zakken die van de wagen moesten – een zak van vijfentwintig kilo konden mijn schouders tillen. Stoer was het. En beter dan de klusjes die mijn tante voor me had en waar ik een papieren rijksdaalder mee kon verdienen: met een oud aardappelschilmesje moest ik dan het onkruid tussen de tegels en kasseien van het erf halen. Maar ik durfde geen nee te zeggen, als tante me het werkje opgaf, en de rijksdaalder had ik nodig om Matrozenshag en dropveters te kopen.

De belangrijkste bijeenkomst bij mijn oom en tante thuis was de lunch 's middags; het warme eten. Mijn tante had dan stevige Hollandse kost gekookt – ik herinner me vooral tuinbonen met spek en vet en aardappelen – en alle zoons en dochters en ome Jappie zaten in de keuken aan tafel. Er werd gebeden en gekletst en gegeten en ruzie gemaakt, vooral tussen mijn oom en zijn twee zonen, die naar zijn smaak te lang haar hadden, te grofgebekt waren en ook anderszins voor galg en rad opgroeiden. Ik bewonderde mijn neven hartstochtelijk, natuurlijk. Ze rookten zware shag, ze dronken bier, ze hadden dat lange haar, brommers, vriendinnen. Ze gingen 's avonds op pad, ze vochten verschrikkelijke ruzies uit met hun vader. Er kwam zelfs regelmatig handgemeen aan te pas.

Na het eten deed mijn oom een dutje, en ik hielp mee met de afwas. Daarna (ik was er altijd in de zomer) gebeurde er weinig meer. De zon scheen verpletterend neer op het erf. Er kwamen mensen langs om aardappels te kopen. Het was stil. Ik speelde in mijn eentje op het erf, in het hok en in de tuin van de kerk. Soms kreeg ik van tante een kwartje voor een ijsje en liep ik naar Pop Bakker, een winkel vlak bij het station waar altijd een verschoten parasol voor de deur stond. Ik las ook al veel boeken in die tijd, soms in de nette voorkamer van tante, een kamer die alleen op zondag werd gebruikt. Er was dan altijd sterke thee met kandij.

Enfin.

Wat er 's avonds gebeurde weet ik eigenlijk niet meer. Mijn neven en nichten gingen er na de broodmaaltijd meestal op uit. Ik bleef bij oom en tante achter. Er was geen televisie. Ik denk dat ik dus boeken las. En daarna moest ik naar bed.

De jeugd sliep boven, bij mijn oom en tante, en zijzelf beneden. Er was een jongensafdeling, op zolder, en daaronder was de meidenafdeling. Daar sliep ik, bij Rennie in bed. We sliepen niet naast elkaar, maar tegenover elkaar in een eenpersoonsbed. Mijn hoofd lag naast haar voeten, mijn voeten kwamen ongeveer tot haar borsten. Dit was mijn eerste contact met het vrouwelijk lichaam, vandaar dat ik me die logeerpartijen in Buitenpost zo goed herinner. Rennie was groot en mollig en ze had allerlei rondingen onder haar nachthemd. Ze droeg een bril, maar niet in bed. Ze kwam altijd later naar bed dan ik, vaak was ze dan uit geweest en rook ze naar bier en rook. We praatten dan nog een tijdje. Ik geloof niet dat ze in de gaten had hoe belangrijk ons samenzijn voor mij was. Ik was gewoon een neefje uit de Randstad dat bij hen logeerde. Na een tijdje vielen we in slaap. Ik droomde de opwindendste dingen.

Ik werd gedurende de nacht altijd een paar keer wakker, dan moesten mijn nichten plassen. Dat gebeurde op een pot die op de overloop stond. Er is eigenlijk geen geluid intiemer dan het geluid van een plassende vrouw. Het sissen, het klateren. Ik lag er ademloos naar te luisteren. Vooral als Rennie naar de pot was. Ik probeerde me er dan altijd een voorstelling van te maken hoe ze daar gehurkt boven die oude, metalen pot in de gang hing. Op haar hurken, het nachthemd omhoog. Zette ze haar bril op voor ze ging, of deed ze het zonder bril? Ik ben er nooit achter gekomen, want ik durfde niet te gaan kijken. 's Ochtends wel, natuurlijk – dan was ik als eerste wakker en moest ik oppassen dat ik op de overloop niet over de volle pot struikelde. Glimmend als goud, al die vrouwenplas. Ik kan het me moeiteloos voor de geest halen.

Op een dag kwam ome Lou. Ome Lou was een ver familielid, maar hoe hij zich precies tot oom en tante verhield was mij niet duidelijk. Hij was naar Canada geëmigreerd en daar had hij in de vleesverwerkende industrie een halve hand verloren. Nu was hij voor een paar weken even over. Ome Lou was erg dik, en erg vrijgevig. Ter ere van zijn bezoek werd er gerookte paling gegeten. Daar was ome Lou gek op. De paling vingen mijn neven zelf, met lange lijnen vol onderlijnen met honderden haken die ze in het Prinses Margrietkanaal uitzetten. De palingen rookten we zelf – op het erf, in grote, oude oliedrums. Houtskool erin, de palingen aan dikke stukken ijzerdraad rijgen, in de ton, natte jutezakken erover en roken maar.

Er kwam een hoop visite die avond. Iedereen wilde oom Lou zien en zijn verhalen over Canada horen. Dat was toch een soort beloofd land. Oké, het was Amerika niet, maar wel groot en ver weg. En bovendien waren de Canadezen onze bevrijders.

Het was een avond aan het einde van een bijzonder hete dag. Het erf van oom en tante had toch al de eigenschap veel warmte op te kunnen slaan. Het was een soort binnenplaats. Geen zucht kon er komen. De palingen hingen in hun tonnen te roken, het bier vloeide rijkelijk, maar het was lauw. Mijn neven rookten een joint in de schuur, en verdwenen daarna op hun brommers, mijn oom vloekend en tierend achterlatend. Mijn tante intussen had het vooral druk met het controleren van ooms drankinname – zij was altijd als de dood dat hij te veel dronk, wat hij steevast zeker deed. Ach, mijn lieve oom – hij had in Indië meer ellende gezien dan goed voor hem was. En alleen mijn tante wist van de nachtmerries die hij had als hij had gedronken; altijd maar weer die uiteengereten jongens, altijd maar weer die stervende jongens met hun bebloede borsten en weggeschoten benen, altijd maar weer de zalvende woorden van de dominee die oom als chauffeur in een jeep naar de stervenden moest rijden.

De avond vorderde, maar tante had mij natuurlijk op zeker moment in de gaten, en ik werd naar bed gestuurd. Zij was weliswaar mijn liefste tante, maar zij kon erg streng zijn. En een beetje bang was ik ook zeker voor haar. Dus daar lag ik even later, stinkend naar gerookte paling en misselijk van het vele vet en het stiekeme bier dat ik had gedronken, in het bed van Rennie. Zijzelf kwam een uur of wat later, en zij was duidelijk aangeschoten. Ze moest zich aan de deurpost vasthouden, later aan een stoel toen ze zich uitkleedde. Met moeite kon ze het bed inkomen, en ze vergat zelfs haar nachtpon. Ik kon in het vage schijnsel van de maan haar blote borsten zien schudden. Ik dacht dat ik gek werd, maar het kan het bier zijn geweest.

Toen ze eindelijk lag, haar voeten naast mijn hoofd, sprak ze de gedenkwaardige woorden: 'Wat stinken we, hè?'

Dat deden we inderdaad – we stonken. De gerookte vis, het laffe bier, de sigarettenrook die om Rennie heen hing, de rook die vanaf het erf nog steeds uit de oliedrums kwam, de warme, klamme zolder en vaag in de verte de lucht van de pot. De geur ook van ondergoed en zweet, van opwinding en hormonen. Buiten klonken de opgewonden stemmen van de grote mensen die nog aan het feestvieren waren. Binnen lagen wij, en we stonken. Later zou ik die geur nog vaak tegenkomen, maar dan was het de geur van verlangen en hartstocht, de wilde versie ervan, seks, drugs and rock-'n-roll.

Kleur

Een beroemde uitspraak van filmer Wim Wenders luidt: '*Reality is in color, but black and white is more realistic.*' Waarom de meeste films van Wim dan toch in kleur zijn, is de vraag, tenzij hij een hekel heeft aan realisme – in dat geval is het duidelijk. Maar daar slaat zijn uitspraak niet op, want geen enkele film, of foto, is realistisch. Het is allemaal manipulatie en interpretatie. Alleen is zwart-wit duidelijker, scherper, beter berekend op nuances. Geen wonder dat het op zijn retour is. Wij leven in ongenuanceerde tijden.

Ik lag met mijn vrouw in bed naar *Les amants* van Louis Malle te kijken. Dat is een film uit 1958, in schitterend zwart-wit, met Jeanne Moreau in de hoofdrol. Het is zo'n beetje de eerste Franse film met aanstootgevend naakt en daar hadden we wel zin in – ik meer dan mevrouw Bril, dat moet ik eerlijk zeggen. Maar dat kwam ook doordat haar favoriete Fransman, Yves Montand, niet meespeelde.

Na een uur betrekkelijke verveling, sloom gedoe en autorijden door Franse landschappen was het dan zover: Jeanne Moreau ging uit de kleren. Dat is toch andere koek dan Sophie Hilbrand in *Zomerhitte* en ook dan Monique van de Ven in *Turks fruit*. Misschien komt het doordat onze filmsterren blond zijn. Naakt blond is anders dan naakt donkerblond – vooral in zwart-wit, zo bleek toen we Jeanne daar zo zagen liggen. Wat een vrouw! En nog een decent plukje okselhaar ook. En al die rondingen en glooiingen, adembenemend. Terwijl er niets intiems te zien was, zelfs geen tepel. Zo hoort het natuurlijk.

Een jaar na *Les amants* kwam *Hiroshima mon amour* uit, van Alain Resnais. Ook dat is zo'n meesterwerk in zwart-wit, met veel bloot, veel meer dan in *Les amants*. Maar ook hier is het naakt, en de seks, sereen en suggestief in beeld gebracht. De ster van de film, Emmanuelle Riva, is overigens blond, dus met haarkleur heeft het niets te maken dat in Nederlandse films naakt altijd zo lomp is. Wij zijn een lomp en praktisch volk, dat zal het zijn. De enige Nederlandse actrice die naakt boven al haar collega's uitsteekt, is Sylvia Kristel, maar zij dankt haar roem aan buitenlandse films, overigens in kleur, terwijl zijzelf donker is.

Terug naar de kleur. Wat is er tegen kleur? Er is weinig tegen in te brengen, dat is een ding dat zeker is. De wereld is nu eenmaal in kleur en brillen die je de werkelijkheid in flonkerend zwart-wit laten zien, zijn helaas niet te koop.

Zwart-wit is trouwens een verkeerde benaming. Waar het mij om gaat, zijn de duizenden grijstinten die zich tussen zwart en wit bevinden. Rood en groen en geel en blauw, prima allemaal, en niks aan te doen. Maar na een tijdje raak je erop uitgekeken, of erger nog: na een tijdje doet het pijn aan de ogen. Bovendien roepen kleuren associaties op. Rood is de kleur van de liefde, om de belangrijkste maar eens te noemen. Met liefdesverdriet door een onafzienbaar veld met rode tulpen wandelen, ik noem maar een dwarsstraat, is een beproeving. Kleur dringt zich op, ik denk dat dat het is. Kleur is te makkelijk. Kleur leidt af: een mooie vrouw in een gele jurk, ik bedoel: dat doet zo'n pijn dat zij haar schoonheid net zo goed thuis had kunnen laten. Kleur, goed beschouwd, geeft net zo'n aanstoot als naakt (behalve als het in zwart-wit is).

Wachtkamer

De wachtkamer zit vol. Mensen bladeren verveeld rond in oude tijdschriften en kijken voortdurend op hun horloge. Bij het raam zitten moeder en zoon.

Zij een jaar of 65, hij 40.

Ze lijken sprekend op elkaar en maken de indruk al jaren niet meer deel te nemen aan het maatschappelijk verkeer. Vervuild en tandeloos. Hun gesprek voeren ze op luide toon, en met een hard Amsterdams accent.

'Waarom zijn wij niet aan de beurt?'

'Omdat we geen afspraak hebben.'

'Maar die meneer daarnet kwam later dan ons binnen en hij is nu al aan de beurt.'

'Dat zeg ik, omdat we geen afspraak hebben.'

'Maar waarom hebben we die dan niet?'

'Omdat we die niet konden maken. Jij voelde je vanochtend niet lekker en toen heb ik de dokter gebeld...'

'Om een afspraak te maken, toch?'

'Luister nou. En de dokter zei: kom maar langs.'

'Nou, dan hebben we toch wél een afspraak?'

'Nee, er konden geen afspraken meer worden gemaakt, de dokter zat vol. Maar als er een gaatje was, kon de dokter ons helpen.'

‘Heeft de dokter een gaatje?’

‘Even tijd, bedoel ik. Voor ons. Gaat het?’

‘Ja. Nee. Waarom zijn we nou nog niet aan de beurt? Hoe lang zitten we hier nou al?’

‘Een uurtje nog maar.’

‘En iedereen komt aan de beurt, behalve wij.’

‘Omdat we geen afspraak hebben. Maar de dokter heeft gezegd dat we echt aan de beurt komen, hoor. Maak je geen zorgen.’

‘Wanneer dan?’

‘Dat merken we wel. Straks.’

Er valt een pauze. Moeder kijkt stuurs voor zich uit. Haar zoon draait een shaggie. Zware Van Nelle. Achter haar balie schraapt de doktersassistente alvast waarschuwend haar keel. Het is een mooi meisje met een hoofddoek. De man steekt met een grijns de sigaret achter zijn oor. Er klinkt ergens een belletje, dingdong.

‘Zijn we aan de beurt?’ Moeder staat resoluut op.

‘Straks, zei ik toch. Ga zitten.’

‘Je zei...’

‘Nee, ik zei niets. Ga nou maar weer zitten. Je bent nog doof ook, geloof ik.’

‘Uh?’

‘Toe nou, ma, ga nou zitten...’

‘Ik ben niet doof. Ik hoor alles.’

‘Jezus, mens, ga zitten!’

‘Zijn we niet aan de beurt dan?’

De vrouw kijkt vertwijfeld de wachtkamer rond, maar de overige aanwezigen doen net alsof ze het heel druk hebben met hun oude tijdschriften. Dan ploft de vrouw weer op haar stoel neer. Haar zoon rommelt in de zakken van zijn jack, maar er komt niets uit tevoorschijn. Een telefoon rinkelt en de doktersassistente neemt op. Buiten passeert een politiewagen met gillende sirene. Het geluid vult de wachtkamer, en dan sterft het weg.

Grondtoon

In de huiselijke kring is een hoop te beleven. Neem deze. Het ligt in trainingsbroek en T-shirt op de bank en belt en kijkt naar MTV – en dat op zondagochtend, kwart over elf.

Moet een puber zijn.

'Zeg, ga jij eens iets doen! Heb je geen huiswerk? Kun je geen boek gaan lezen? Hou eens op met dat bellen!'

'Man, bemoei je er niet mee!'

'Hup, aan de slag, jij! Uit die tv!'

De afstandsbediening wordt ter hand genomen, MTV verdwijnt, maar het telefoneren gaat voort. Pubers leven moeiteloos in twee werelden tegelijk.

'Nou? Wat zei ik nou?!?'

'Ik heb er recht op om sacherijnig te zijn,' luidt het antwoord, en tegen degene met wie wordt gebeld: 'Mijn vader is weer eens aan het zeuren. Ik moet ophangen.'

'Ik zeur helemaal niet,' zegt vader machteloos, 'ik voed op.'

Lachend verdwijnt de puber naar haar eigen afdeling, waar het telefoneren ongetwijfeld nog uren door zal gaan. Wat hebben die kinderen toch de hele dag te bespreken?

Dan is er de hond.

Laatst is de hond van de trap gevallen. Vermoeden we. Een kleine renovatie van het trappenhuis is haar noodlottig geworden. Kon ze voorheen als de bel ging blaffend de trap af stormen, de laatste keer dat ze dat deed, heeft ze waarschijnlijk over het hoofd gezien dat er geen hekwerkje meer was om haar op te vangen als ze in haar enthousiasme uit de bocht vloog en dus kukelde ze anderhalve meter naar beneden. Het kan ook anders zijn gegaan, of zelfs helemaal niet zijn gebeurd. Maar feit is dat ze niet meer zelfstandig de trap af wil, sterker nog: zelfs als ik haar wil optillen, schiet ze onder de bank, nou ja, schieten – ze slaagt er altijd ook nog in om even theatraal te hinken.

'Nou, kom op, we gaan uit,' hoor ik mezelf zeggen.

Geen reactie.

'Uit!!! Kom!'

Geen reactie.

Inmiddels lig ik op mijn knieën. De hond heeft zich in de verste hoek onder de bank teruggetrokken. Ze kijkt zo sip mogelijk. Honden weten precies hoe ze het gemoed van hun bazen moeten bespelen, als je ze tenminste ooit de ruimte hebt gegeven dat te doen, zoals wij. Hou je ze kort, dan schijn je nooit problemen te hebben.

'Koekje dan?' probeer ik.

Hoe diep kun je zinken?

Onder de bank spitst de hond even de oren. Maar meer sjoege geeft ze niet, soeverein als ze is. Die wentelt zich lekker in haar slachtofferrol, dat is duidelijk.

Gelukkig is er ook troost, en die is vaak in de taal te vinden. Tom Boonen wint op de wielerbaan van Roubaix de sprint van Balan en Cancellara. De Vlaamse wielergod heeft zijn twee concurrenten tijdens de koers goed de maat genomen, meldt de verslaggever van de Belgische televisie, 'en plaatst nu het orgelpunt'.

Ik hol juichend naar de Van Dale om dit schitterende woord op te zoeken. Zou het echt bestaan, of is het typisch Vlaams?

Het bestaat: (Belg. N., niet alg.) Hoogtepunt.

Algemeen verstaat Van Dale onder een orgelpunt overigens dit: 'grondtoon die vastgehouden wordt bij verschillende, elkaar opvolgende harmonieën'. Dat is andere koek, maar ook mooi. Ik heb mij meteen als taak gesteld de grondtoon van ons huiselijk leven vast te stellen, en van daaruit verder in te zoomen op de diverse harmonieën, die tussen vader en puber en baas en hond, bijvoorbeeld. En zo is het dan toch nog een nuttige zondag geworden.

Harderwijk

De meisjes van Harderwijk hangen rond bij de trappen van het Stadhuis, aan de Markt. In het historische pand is de overheid niet meer gevestigd. Er zit een muziekschool in. Dat is mooi. Jammer alleen dat er geen aarzelende pianomuziek klinkt.

De meisjes doen wat meisjes doen. Ze kletsen, giebelen en lachen, ze hangen gebogen over de schermpjes van hun telefoons en sms'en, ze kauwen kauwgum en een enkeling rookt. Vijftien, zestien jaar zijn ze.

Met hun tassen.

En hun jeans.

Hun gympen en laarzen, hun jackies en trenchcoatjes, hun blonde, lange haar, hun donkere krullen, hun paardenstaarten en slordige knoetjes. Met kleine plastic tasjes van DA bungelend aan hun hand. Meisjes hebben altijd een zakje van DA bij zich, of een zakje van de Etos, of van de Ici Paris.

Want in drogisterijen is voor meisjes altijd wel iets te vinden wat ze onmiddellijk nodig hebben. Elastiekjes voor het haar. Een nagelvijl. Lipgloss. Nieuwe deodorant. Een oogpotlood. Shampoo met de geur van mandarijnen.

Ach, meisjes.

De groep wisselt voortdurend van samenstelling, dat is grappig om te zien. Ineens trippelen dan twee vriendinnen weg, langs bakker Bart verdwijnen ze de Bruggestraat in. Een paar minuten later wordt hun plaats ingenomen door twee meisjes die uit de Wolleweverstraat komen. Dit stel heeft een zak patat gekocht bij de Bamboo Smulcorner. Om en om steken ze een friet in hun mond.

En daar loopt alweer een meisje weg. Haar jeans hangt slordig om haar kont, ze draagt haar schoolboeken in een namaak Burberry-tas. Ze steekt de Markt over naar de Donkerstraat. Een nieuw meisje arriveert met een vriendin, maar laatstgenoemde heeft haast en vervolgt haar weg, de Hondegatstraat in.

Dan de lente.

Die hangt in de lucht, ook in Harderwijk. Op het terras van De Graaf van Gelre drinken een paar mensen koffie. Oké, ze zitten diep in hun jassen weggedoken, maar toch. Tegenover hen staat het terras van Hertog Karel groot en uitnodigend, maar in de koude schaduw, en twee jongens rijden met steekkarretjes de stoelen en parasols aan voor het terras van De Boterlap. Als straks de lente er helemaal is, zal de Markt van Harderwijk één groot terras zijn.

Maar de meisjes, die hangen rond bij de trappen. De twee vriendinnen met de patat zijn op een trede gaan zitten. Een ander meisje heeft een zakje chips geopend. Twee vriendinnen doen er een greep naar, het zakje valt op de grond. Er klinkt gelach, er wordt wat geduwd.

Dan komen er twee jongens aan. Ook vijftien, zestien. Slungels, met puistjes en een stoere tred. Maar als ze de groep meiden zien, verandert er iets. Het is net alsof de moed hun in de grote sneakers zakt. Ze rechten de rug en zetten door. Net doen alsof er niets aan de hand is, dat is het parool. De meisjes zien de jongens komen. De groep valt even stil.

Nu passeren de jongens.

'Hé, joh,' roept een van de meisjes, 'zie je me niet?'

De jongens reageren niet. Ze verbijten zich en steken schuin over naar De Graaf van Gelre en verdwijnen in de Donkerstraat. Het gelach van de meisjes achtervolgt hen.

Ach, meisjes.

Vijftien, zestien jaar. Ze zijn er bijna, maar nog niet helemaal. Zoals de lente, dezer dagen. Bijna, maar nog niet helemaal. De meisjes hebben hun winterkleding nog aan. Maar niet lang meer. Dan komen de bloesjes uit de kast.

Hoed

Voor een hoed heb je een hoofd nodig. En hoewel we allemaal een hoofd hebben, zie je toch maar weinig hoeden. En zeker mannen met een hoed zijn schaars. Dat is jammer.

Want een hoed is mooi.

Ik moest hieraan denken toen ik in Den Haag minister Ronald Plasterk over straat zag lopen. Dit was aan het einde van de ochtend, en de minister was onderweg van de Tweede Kamer naar zijn ministerie, en hij liep dus over Het Plein, richting Korte Poten.

Een fijne naam: Korte Poten.

Goed, ik zat op de hoek van Het Plein en Korte Poten op een terras. Aan het tafeltje naast me zat een heel dikke, zwetende Amerikaan een steak te bestellen. *Medium rare* wilde hij hem hebben, *more rare than medium*, om precies te zijn. De serveerster die de bestelling opnam liet zich niet intimideren door de man, die wel drie keer vroeg of zij wel wist wat 'more rare than medium' betekende. '*Sure, sir*,' zei ze. Om te drinken wilde de man *diet coke*, en geen *cola light*. Met het verschil tussen die twee drankjes ging ook nog een hele tijd heen.

En daar was de minister.

Het is een van de charmante kanten van Den Haag dat je daar bewindslieden in het wild kunt zien rondlopen, of zelfs op een terras, met opgerolde mouwen en de stropdas los, het glas kunt zien heffen. De minister die met voorsprong op kop gaat, qua vrijelijk gebruik van de openbare ruimte, is minister Donner – altijd onafscheidelijk van zijn fiets, zo'n klassiek herenrijwiel. Donner is een man die zich niet makkelijk laat intimideren, niet door de straat en niet door de macht; hij fietst gewoon van zijn werk naar huis en terug.

Ronald Plasterk is ook zo'n man die niet bang is om zich onder de mensen te begeven. Dat is een belangrijke eigenschap voor een politicus, maar waarschijnlijk moeten we Plasterk daar dan ook niet toe rekenen, al blijft het verbijsterend dat een zo getalenteerde wetenschapper zijn carrière opoffert om uitgerekend namens de PvdA, de partij die het onderwijs naar de verdommenis heeft geholpen, minister van Onderwijs te worden. Misschien heeft hij een geheime agenda, die Ronald, en kunnen we over een paar jaar op hem in plaats van op Wouter Bos stemmen. Ik hoop het.

Daar was hij.

De minister droeg een lichtgrijs kostuum dat elegant om zijn tengere gestalte fladderde, een wit overhemd, een goudbruine stropdas en donkerbruine schoenen van Crockett & Jones. Je kon zien dat hij over zijn outfit had nagedacht, want die hield het midden tussen tenue de ville en formeel zakelijk, maar zag er toch bijzonder comfortabel uit, belangrijk met dit warme weer. *To top it off* droeg hij, uiteraard, een hoed, een zomerse Borsalino die hem bijzonder goed stond.

Ronald Plasterk heeft het perfecte hoofd voor een hoed,

een wat eivormig, langgerekt hoofd dat door een hoed precies op de juiste manier in balans komt. Hij heeft daarbij ook een goede neus voor een hoed, dat is erg belangrijk. Zonder prominente neus gaat een hoed al snel verloren op een hoofd.

De minister hield een paar dunne mapjes met paperassen nonchalant tegen de borst geklemd. Zijn stappen waren kordaat, maar niet gehaast, zijn rug was recht, maar zijn borst stak niet overdreven vooruit. Het scheelde maar weinig of hij kuierde. Dat lijkt me iets wat hij ook goed kan. Voor een man die weet dat hij in de gaten loopt, en dat doe je onvermijdelijk met een hoed op, maakte hij een zeer ontspannen indruk. Het ministerschap zit hem als gegoten. Een andere conclusie was er niet. Nu nog beter onderwijs.

AIVD

Op de radio hoor ik een stem die een beetje geheimzinnig wil klinken: 'Dit is die radiocommercial waar niemand het over heeft.'

Wat verwachten ze nu?

Dat ik de radio harder zet?

Ik haal liever mijn schouders op. Goed nieuws, een commercial waar niemand het over heeft. Dan hoef ik ook niet te luisteren.

'De AIVD zoekt medewerkers,' gaat de stem op samenzweerderige toon verder. 'Ben je geïnteresseerd?'

Eerlijk gezegd wel.

James Bond, Havank.

Helemaal mijn stijl.

Wat is er bovendien leuker dan in je vrije tijd een beetje bij te klussen voor een inlichtingendienst? Wat mij vooral zo aanspreekt is het idee dat je zo'n dienst van alles op de mouw kunt spelden.

'Vertel het aan niemand,' vervolgt de samenzweerder op de radio, 'maar kijk op een onbewaakt ogenblik op AIVD.nl.'

Op naar de site van de inlichtingendienst.

Werken bij de AIVD, wat betekent dat?

Ik citeer: dat je werkt bij een dienst die midden in de samenleving staat. De dynamiek van politieke ontwikkelingen en verwachtingen van burgers zijn doorlopend merkbaar. Ja, bij de AIVD doe je werk dat ertoe doet. Dat stelt hoge eisen, maar het werk geeft veel, erg veel voldoening.

Geen dag is hetzelfde!

Gezien het gedwongen 'gesloten' karakter van de organisatie zijn je collega's meer dan waar ook de mensen op wie je moet kunnen terugvallen. Veel informatie, ervaringen en emoties kun je niet met de buitenwereld delen. De interne, onderlinge verbondenheid is daarom heel belangrijk.

Ik zie het voor me.

Survivallen in de Ardennen.

Graag wil ik me bij dezen aanmelden bij de AIVD. Ik denk dat ik uitstekende informatie kan verschaffen over van alles en nog wat. Zo kan ik regelrecht in het hart van mijn hoofdredacteur kijken, en diep in de boezem van een linkse krant. Ook ter rechterzijde heb ik mijn ingangen en bronnen, en via mijn rijwielhersteller volg ik de radicalisering van de Marokkaanse jeugd op de voet. Zijn zaak is gevestigd tegenover een moskee waar al die jongens komen. Ik bezoek daarnaast in de hoofdstad diverse etablissementen waar de georganiseerde misdaad nog wel eens aan wil leggen. *Last but not least* heb ik goede connecties in de wereld van krakers, antiglobalisten en dierenbevrijders.

Me dunkt, niet niets.

Wat verwacht de AIVD nog meer van mij? Men wil graag dat ik niet alleen in de samenleving, maar ook in mezelf investeer. Men zoekt gemotiveerde medewerkers die veel in huis hebben. Nou, dat heb ik. Niet alleen op professioneel gebied (ik kan telefoneren, computeren en urenlang door een nachtkijker turen), maar ook op persoonlijk gebied sta ik mijn mannetje, voor volk en vaderland.

Ik zit er helemaal niet mee dat ik mijn werk niet met mijn gezin en mijn omgeving kan delen. Dat komt me wel goed uit, eerlijk gezegd. Al dat gelul over wat papa de hele dag uitspookt. Ik vind het ook beslist een pre dat aan mijn partner en andere mensen in mijn omgeving bepaalde eisen worden gesteld. Ik hoop dat het hoge eisen zijn. Ik vind het wel een prettig idee: dat ik mijn vrouw door een collega van de dienst kan laten schaduwen. Geeft een rustig gevoel. De laatste tijd heb ik het idee dat ze steeds vaker met een lekke band bij de fietsenmaker zit.

Om kort te gaan.

Hier ben ik – klaar om mijn steentje bij te dragen. Dienstbaar tot het gaatje, en voor 100 procent bereid het beste uit mezelf te halen en centraal te stellen, bovendien.

Wachten

Wachten is een kunst. Sommige mensen zijn er heel goed in, anderen niet. Ik behoor tot de laatste categorie.

Zo stond ik laatst met de fiets bij een stoplicht te wachten. Ik was de enige. Om mijn leed te verzachten hing er een digitale teller aan de paal die aangaf hoeveel seconden ik nog te gaan had.

15, 14, 13, 12, enzovoorts.

De teller had de wind er goed onder; de tijd verstreek in ijltempo. En toch had ik het gevoel dat iedere seconde een halfuur duurde, een paradoxale sensatie. Misschien kwam het omdat er in geen velden of wegen een auto of tram was te bekennen en ik dus alle gelegenheid had om over te steken.

Maar ik wachtte.

Eindelijk stond de teller op nul en sprong het verkeerslicht op groen. Ik stak over en las even later in de krant dat reistijdinformatie steeds belangrijker wordt in het verkeer.

Als je weet dat de vertraging elf minuten zal bedragen, leg je je makkelijker neer bij een file dan wanneer je weet dat hij zeven kilometer lang is. Als je om twee uur een afspraak hebt met iemand en hij belt om vijf voor twee om te zeggen dat hij tien minuten later is, duurt het wachten korter dan wanneer hij niet belt en om tien over twee aan komt kakken, dat wil zeggen: het wachten *lijkt* korter te duren, want je wacht natuurlijk in beide gevallen dezelfde tien minuten.

Zo leven we in illusies.

Laatst nog zat ik in Den Haag op een terras aan de Korte Poten. Het was een mooie middag. Er kwam een gestage stroom winkelend publiek en ambtenaren voorbij.

Aan de overkant van de straat stond een vrouw van een jaar of vijfendertig. Ze droeg een witte rok met zwarte stippen en een zwarte blouse en had haar blonde haar slordig opgestoken. Af en toe keek ze op haar horloge.

Ze was aan het wachten.

Het viel me op dat ze er geen enkele moeite mee had. Ze was het gewoon aan het doen. Dat wachten. Als ze op haar horloge keek, deed ze dat niet geïrriteerd of ongeduldig, ze keek er gewoon op. Ze drentelde ook niet nerveus rond, laat staan dat ze op haar tenen ging staan om te kijken of haar afspraak in de verte al zichtbaar was. Ze diepte ook haar mobiele telefoon niet op uit haar schoudertas om dan maar te gaan bellen of sms'en. Ze had niets nodig om de tijd te doden.

God, wat was ik jaloers.

De rust waarmee hier werd gewacht, het rotsvaste en desondanks elegante vertrouwen in de goede afloop, het gemak waarmee al wachtend ook nog even wat zonnestralen werden meegepikt, deze vrouw had het goed voor elkaar in het leven, in ieder geval beter dan ik.

En toen was ze ineens weg.

Even werd mijn aandacht door iets anders getrokken, en onmiddellijk werd ik daarvoor gestraft. Ik stond nog op om te kijken of ik haar ergens zag lopen, maar nee. Ze had net zo goed niet al die tijd voor mijn neus kunnen staan, zo compleet verdwenen was ze, nu.

Maar nog altijd draag ik haar met me mee. Wie was ze, en op wie wachtte ze? Hoe lang stond ze daar eigenlijk te wachten? Het kunnen tien minuten zijn geweest, maar ook twintig, of vijf. In mijn beleving duurde het uren, maar ik zal toch zeker niet langer dan een halfuur op dat terras hebben gezeten. Ik wil maar zeggen: wachten is een kunst die raadselachtige gevolgen kan hebben.

Thuisfront

Even iets uit de oude doos. Mijn moeder zei vroeger met enige regelmaat: 'Wat hebben we het toch goed, hè?' Dan zaten we met het hele gezin aan tafel te smikkelen.

Slavinken.

Een variant op de uitspraak, ook van mijn oude moeder: 'We hebben het veel te goed.' Dan zaten we ook aan tafel, en zat iedereen met lange tanden te eten. Of er was ruzie.

Nog een tekst van vroeger: 'Wees blij dat je de oorlog niet hebt meegemaakt.' Ik durfde dan nooit te zeggen dat ik die oorlog ontzettend graag wél had meegemaakt. Een verzetsheld was ik dan geworden, type Gerrit van der Veen: overal een meisje, en af en toe een mof omleggen in de wetenschap dat er later een straat naar je wordt genoemd.

Vooruit, omdat ik nu toch bezig ben: 'Godverdomme, er zou weer eens een oorlog moeten komen.' Dat was altijd mijn vader die zich zo uitdrukte, maar hij nam het natuurlijk op voor de slavinken van mijn moeder – die verdienden best wat meer sympathie, ook als ze aangebrand waren. Dan deed je maar net alsof ze *niet* zwartgeblakerd waren!

Van die dingen.

Nog eentje: 'Denk eens aan de kinderen in Biafra, die hebben helemaal niets!' Het zal een jaar of 35 geleden zijn dat ik die woorden hoorde, en nog steeds weet ik niet waar dat verdomde Biafra ligt. Bestaat het nog wel?

Ik moest hieraan denken toen ik in de krant las dat jonge managers tegenwoordig liever *niet* doorstromen naar de top van het bedrijfsleven. Ze beginnen weliswaar vol goede moed en brandend van ambitie, maar zo rond hun 35ste willen ze niet verder meer.

Lid van de raad van bestuur? Sorry, liever niet.

Chief executive officer? Nou nee, dank u wel.

De jonge manager van 2008 wil zijn tijd doorbrengen aan het thuisfront. Je hoort het zo'n jongen op vrijdagmiddag zeggen als het bier rondgaat. 'Ik ga ervandoor. Het thuisfront roept.'

Tsja.

Ik stel me bij het thuisfront altijd een legioen vermoeide vrouwen voor die in het belang van de oorlogvoering granaten vullen, maar dat is dus helemaal het verkeerde beeld. Het thuisfront is heel iets anders; het is lekker samen klungelen met het vrouwtje, dat ook twee keer modaal per jaar binnensleept, en samen op zaterdagochtend met de kinderen naar de Birkenstock-speciaalzaak om gezondheidssandalen te kopen.

Een andere associatie die ik heb bij het begrip thuisfront is die van eeuwige strijd: als je nou ergens fronten hebt die onverzoenlijk tegenover elkaar liggen en elkaar permanent bestoken, dan is het wel thuis. Het huwelijk is per definitie oorlog, volgens mij.

'Het thuisfront roept.'

Er klinkt weinig vreugde in door, als je er lang naar luistert, maar toch is de emancipatie inmiddels zover gevorderd dat 70 procent van de jonge managers geen carrière meer wil maken. Ze zitten op kantoor de hele dag op hun horloge te kijken om zo snel mogelijk weer weg te kunnen. Ze arriveren zo laat mogelijk en brengen het eerste halfuur door op het toilet. Daarna gaan ze mailen en sms'en met hun vrindjes om vipkaartjes voor een voetbalwedstrijd te regelen.

'We hebben het veel te goed,' hoorde ik dus in mijn verbeelding mijn moeder laatst verzuchten. En daarna kwam mijn vader met een pleidooi voor een nieuwe oorlog, dát zal ze leren.

Gelukkig las ik ook in de krant dat premier Balkenende kenniswerkers uit het buitenland wil importeren. Dat is tenminste een man met een vooruitziende blik. Die weet nu al dat straks geen enkele jongen van Jan de Witt nog een spat wil uitvoeren.

Heerde

Met jeugdherinneringen moet je oppassen. Zo kwam ik in Heerde terecht en daar heb ik vier jaar op de middelbare school gezeten, de Heertganck.

De school had twee vestigingen – een partij houten noodlokalen aan de Elburgerweg en een oud, statig gebouw aan de Zwolseweg. Het grootste deel van mijn scholierenleven bestond dus uit het heen en weer fietsen tussen die twee adressen.

De Meester Nijhoffstraat in.

Rechtdoor, tot de kruising met de Zuppeldseweg.

Daar lag, behalve de begraafplaats van Heerde, ook de kruidenierszaak van Riphagen (Riphagen is een naam die veel voorkomt in die contreien, net als Bijsterbosch). Bij Riphagen legden wij vaak aan om halve liters frambozenvla en trekdroppen te kopen. Als we een uur vrij hadden, aten we dat op de begraafplaats op. Ik zie mezelf nog op de steen van mevrouw Hilanus-van Swieten liggen. Sinds 1921 dood, in de Here ontslapen. Met mos begroeid, die steen, en als de zon op de juiste wijze door het kastanjelover piepte, was het heerlijk dromen op mevrouw Hilanus-van Swieten.

Ach, onschuldige blasfemie.

Na Riphagen ging de weg naar rechts, dan kwam je op de Kamperweg en langs de zeepfabriek van Klok. Daar rook het altijd heerlijk, maar omdat mijn vader voor een andere zeepfabrikant werkte, had ik toch weinig op met Klok. Schuin aan de overkant lag een café dat Het Stationnetje heette. Daar moesten we langs, de Wilhelminalaan in, en op zeker moment rechtsaf, de Julianalaan in. Die kwam uit op de Zwolseweg, en iets naar links lag onze school, van origine een klassieke lagere school, met naast het hoofdgebouw een binnenplaats en daarachter wat aangebouwde lokalen en fietsenrekken.

Gisteren stond ik weer op de hoek van de Meester Nijhoffstraat en de Zuppeldseweg. De kruidenierswinkel van Riphagen was er niet meer, maar het pand was nog wel herkenbaar, zij het dat het nu wit is gepleisterd en niet meer die sombere kleur van bakstenen heeft. De begraafplaats was er uiteraard ook nog, sterker: net toen ik uit de auto was gestapt, arriveerde een lijkstoet. Een oude heer in onberispelijk zwart stapte langzaam voor de grote Mercedes uit; de gordijntjes achter waren open en op de eenvoudige kist lagen twee bloemstukken.

Waardig draaide de lijkwagen het pad op naar de ingang van de begraafplaats, en het leek wel alsof de merels en tortelende duiven in de bomen even verstomden om net als ik naar het geluid van die trage banden op het grind te luisteren. Toen arriveerden ook andere auto's, die her en der en parkeerden. De mensen stapten uit en klapten kleurige paraplu's uit, want het was inmiddels begonnen te regenen. De achterdeur van de Mercedes ging open en voortgedreven door een feilloos mechaniek kwam de kist tevoorschijn. Zes jongemannen hielpen vervolgens de overledene op een kar waarvan de wielen aan het zicht werden onttrokken door zwarte doeken. Ik had gehoopt dat de kist op de schouders zou gaan, maar nee.

Het begon harder te regenen, en in de verte klonken een paar klappen onweer. Hoewel de nabestaanden rustig onder de bomen hadden kunnen wachten tot het wat droger werd, zette de stoet zich in beweging, tussen de zerken en de hoge rododendrons door, naar de open groeve ergens achteraan op de begraafplaats. De paraplu's zagen er steeds minder vrolijk uit, en ik dacht aan de honderden keren dat ik hier was langsgefietst. Geen enkele dode of teraardebestelling herinnerde ik me uit die tijd. Waarschijnlijk omdat ik toen jong was, en het gewoon niet zag.

Voorspelling

Het zou kunnen vandaag. Rokjesdag. Het zou kunnen. Maar misschien is de wind nog wat te fris. In dat geval zou het morgen of overmorgen bingo kunnen zijn. Dan komt de wind uit een warmere hoek, en is de temperatuur dus hoger. Alleen is er morgen minder zon dan vandaag. Iets later in de week zou het trouwens ook kunnen, misschien is dat een veiliger idee. Maar hoe dan ook, de dag hangt in de lucht.

Rokjesdag.

Een wandeling gemaakt door de eigen stad. Wanneer doe je dat nou? Een drukte van belang op straat, volle terrassen, nergens een bankje waar niet iemand op zat te genieten van de zon. Zelfs bij het verzorgingstehuis om de hoek waren de oudjes naar buiten gereden. In menige deuropening van menige winkel stond een personeelslid even snel een sigaret te roken.

Maar nog geen rokjes.

En geen blote benen.

Wel jonge vrouwen die rond het middaguur kledingstukken uit begonnen te trekken. Op de terrassen zag je ineens decolletés, blote schouders. Veel opgestroopte mouwen, geen jassen meer. Iedereen droeg een zonnebril – daar moet je ook maar altijd op voorbereid zijn, om die bij je te hebben. Ineens zag je ook overal weer rosé opduiken, en cabrio's natuurlijk.

De cabriolet.

Ik weet het niet met de open auto. Vaak zit er een man achter het stuur die een pet draagt. En een polo. Dat vind ik geen fijne combinatie. Doet mij altijd denken aan die mannen die eenzaam met een enorme sloep rondvaren door de grachten – pet op, roer nonchalant in de knuist.

Alsof ze laten zien hoe groot ze zijn geschapen, maar aan wie? Of ze hebben geen vrouw, of hun vrouw wil niet mee uit varen. Dat laatste is nog treuriger dan het eerste. Een vergelijkbare zweem van verdriet hangt rond de cabrio, tenzij er natuurlijk drie leuke meiden in zitten. Twee stelletjes mag ook: jongens voorin, meisjes achterin. Maar daar is het de tijd nog niet voor. De eerste opendakkers die je ziet, zijn altijd die mannen in hun eentje.

Terug naar de rokjes.

Ik ben geen vrouw, en dat is wel eens jammer, ook voor mezelf. Toch kan ik me voorstellen dat een vrouw, en zekere een jonge, ineens kan gaan verlangen naar een zachte bries om haar blote benen. Een bevrijdend, of bevrijd gevoel moet dat geven. Heerlijk, geen jeans meer aan, geen kousen of maillots, gewoon de zon op de huid voelen. Oké, je moet even door de zure appel van de ontharing heen, maar dan heb je ook wat.

Het was echt zo'n dag dat je aan vrouwen op straat kon zien dat ze erover nadachten, nee, er stilletjes op hoopten. In gedachten gingen ze hun klerenkast af; welk rokje zal het eerste rokje worden dat ze aantrekken? En wat erbij, en welke schoenen?

Misschien is het dus vandaag.

Het zou kunnen. En als het niet vandaag is, dan zijn er wel vandaag duizenden vrouwen die het toch vanochtend al even overwogen toen ze zichzelf in de spiegel van de badkamer bekeken. Dat alleen al is iets om vrolijk van te worden.

Niet dat het nou zo geweldig is om ineens alleen maar blote benen te zien. Er zitten heel lelijke tussen, heel witte, heel rare, heel dikke, heel dunne en heel zielige. Het gaat meer om het idee. Om het optimisme dat ten grondslag ligt aan rokjes, om het geloof in betere tijden dat altijd een handje geholpen moet worden. Desnoods met een verkeerde voorspelling.

Verantwoording

Alle stukken in dit boek, behalve 'Blues', 'Barbara' en 'Geur', verschenen eerder in *de Volkskrant*.

'Geur' verscheen eerder, in een iets andere vorm, in het tijdschrift *Noorderbreedte*.

'Blues' en 'Barbara' zijn niet eerder gepubliceerd.

Inhoud

Blues	7
School	10
Zuipkeet	13
Gelukkig	16
Poepen	19
Sint-Annaparochie	22
Maïs	25
Caféleven	28
Koksmuts	31
Kruisweg	34
Briefing	37
Banaan	40
Den Bosch	43
Barbara	46
Winsum	50
Kinderleed	53
Tollensstraat	56
Kapper	59
Ploeteren	62
Snikzwaag	65
Bloemetje	68
Blos	71
Fluiten	74
Poëzie	77
Moekesgat	80
Samenleving	83
Fluiten (2)	86
Uitwedstrijd	89
Scooters	92
Watermolen	95
Geur	98
Kleur	105
Wachtkamer	108
Grondtoon	111
Harderwijk	114
Hoed	117
AIVD	120
Wachten	123
Thuisfront	126
Heerde	129
Voorspelling	132
Verantwoording	135